Eden
—白衣の原罪—

CROSS NOVELS

日向唯稀
NOVEL:Yuki Hyuga

水貴はすの
ILLUST:Hasuno Mizuki

CROSS NOVELS

CHARACTERS
登場人物

Eden 白衣の原罪

真弓《まゆみ》智明《ともあき》

東都大学医学部付属病院から、東京刑務所内の医療室に希望転職した新米医師。学生時代は東都のマドンナに可愛がられる存在だった。

虎王《とらお》　翼《たすく》

虎王組前組長の息子で若頭。過去に犯した罪により服役していた。背には、紅蓮の炎に横たわり眠る虎の刺青あり。真弓の初めての男。

宝蔵院《ほうぞういん》千影《ちかげ》

GTコーポレーション会長。虎王は二十年来の幼馴染み。見た目はエリート官僚タイプ。

愛染《あいぜん》匡一郎《きょういちろう》

東京刑務所内医務部医療課長。黒衣を纏い、九時五時勤務。謎が多く、敵に回すと怖い男。

東都大学医学部付属病院メンバー

黒河《くろかわ》療治《りょうじ》

外科部のエース。「神からは両手を、死神からは両目を預かった男」と異名を取る。疲労度MAXになると(色々な意味で)危険な男。

【関連作】
Light・Shadow―白衣の花嫁―
Today―白衣の渇愛―

和泉《いずみ》真理《まさと》

副院長にして心臓外科のスペシャリスト。やや曲者。別名:東都の帝王。

和泉《いずみ》聖人《まさと》

内科医。院長の四男坊で、院内を仕切る副院長の弟。通称:キヨト。

【関連作】
PURE SOUL―白衣の慟哭―

浅香《あさか》　純《じゅん》

元黒河のオペ看で、現在は外科医を目指して研修中。医師免許あり。

【関連作】
PURE SOUL―白衣の慟哭―

伊万里《いまり》　歩《あゆむ》

内科医。東都の歴代マドンナのひとり。極妻?　別名:純白のマリア。

【関連作】
MARIA―白衣の純潔―

鳳山《ほうやま》駿介《しゅんすけ》

鳳山組組長で、伊万里の恋人。その背には、虎の目を抉る鳳凰の刺青。

【関連作】
MARIA―白衣の純潔―

CONTENTS

CROSS NOVELS

CONTENTS

Eden

―白衣の原罪―

日向唯稀
Presented by Yuki Hyuga
with Hasuno Mizuki
Illust 水貴はすの

CROSS NOVELS

1

梅雨とはいえ、うっとうしい天気が続いていた。

明け方近く、急に強くなった雨音にハッとして目を覚ました。

『虎王《とらお》』

反射的に身を起こして、隣を探った。

誰もいるはずがない。昨夜も一人で床に就いた。それはわかっているのに、空振る右手に軽い虚脱感を覚える。

思えば五年前の今頃から、何度こんな気持ちになったかわからない。心の奥底から、溜息が漏れる。

代わり映えのない、必要最低限のものしか置いていない殺風景な室内を目にして、東都《とうと》大学医学部付属病院内科医・真弓智明《まゆみともあき》は苦笑を浮かべた。

誰もが〝永遠の少年〟をイメージする美しさの中にも快活さや爽快《そうかい》さ、人好きのする愛嬌《あいきょう》を含んだ顔が、とめどなく込み上げてくる心痛で歪《ゆが》んだのだ。

今ではおぼろげにしか思い出すこともできない男の顔。それにもかかわらず、彼の存在を忘れることができない自分を嘲《あざけ》るように――――。

「これだと完全に痕《あと》が残るな。やっぱり縫合がまずかったんだ」

悔いはないが、それに匹敵する反省が込み上げたのは、自ら施した手術の抜糸を終えたあとだった。

合わせを開いた寝間着代わりの浴衣。そこから目にすることができる、鍛え抜かれた中にもどこか艶《なま》めかしさを感じさせる男の身体《からだ》。その左腹部には、七針ほど縫った痕がやや膨らんだ状態で残っている。

――ゆくゆくはケロイドのようになるかもしれない。

そんな想像ができて、真弓の唇が微《かす》かに震えた。

「気にすることはない。この程度の傷ですんだのなら御の字だ」

「でも、うまい先生だと、この段階でもほとんどわからなくなるんだ」

男はベッドから身体を起こして、傷を確認しながら笑った。

厳《いか》つい顔つきをしてはいたが、その表情はとても穏やかで優しげだった。

彼の筋張った大きな手と比較すれば、確かに傷口は小さく、大したことがないように見える。

しかし、真弓はこれまでに数えきれないほど手術痕を見てきた。神の領域にいるであろう外科医たちの手術や、その縫合もしっかりとこの目に焼きつけてきたのだ。自分が生み出した結果に、これでよしと納得などできるはずがない。

するとふいに男が手を伸ばしてきた。

肌に触れてくると直感した途端、真弓の鼓動が速まった。

「わからなくなったら、逆に困る」

「困る?」

「こいつはお前を強請《ゆす》るネタだ。いつまでもはっきり残って見えるほうがいいだろう」

男は真弓の顎《あご》を掬《すく》って、震える唇を親指の腹でなぞってきた。

すっかり覇気を取り戻したまなざしに捕らわれて、背筋がゾクゾクする。

出会ったのは、土砂降りの雨の中だった。

男は片手で撃たれた腹を押さえ、そして残りの手には携帯電話を持ち、繁華街の裏路地に座り込んでいた。わずか六日前のことだ。

見つけた瞬間、真弓は携帯電話を取り出した。迷うことなく押そうとした番号は一一九番であって、一一〇番ではなかった。

だが、それに気づいた男は残った力のすべてを振り絞り、真弓の腕を摑《つか》んできた。息も絶え絶えに「やめろ」「見なかったことにしろ」「殺すぞ」とも脅してきた。まるで野生の獣のようだった。

よほどの事情があるのだろう。それは真弓も瞬時に理解できた。

状況だけを見ても、男がまっとうな職種の人間じゃないのはわかる。

だからといって、言われるまま放置すれば男は命を落とすだろう。それは真弓が真っ直《す》ぐに歩んできた医学道に反する。

——なら、俺がやる。

真弓はその場で応急処置を施し、無我夢中で男を自分のアパートへ連れ帰った。

今の自分にできることのすべてを行い、そして一つの命を救った。

術後は経過が気になり、合併症を心配し、そこから二日間は一睡もできずに見守ったほどだ。

それなのに、この言いぐさかと思えば、自然と眉《まゆ》も吊《つ》り上がる。

「恩をあだで返す気かよ」

売り言葉に買い言葉だったが、真弓は「恩」を口にした。

むろん、そんなものを売ったつもりはない。

偶然とはいえ、放置すれば消えていただろう命と巡り合ってしまったのは自分だ。

真弓にはそれを救える知識があった。技術は不足していたにしても、救える手立てを持っていたのだから、目を伏せることなどできなかったし、許せることでもなかった。

だから、拙《つたな》いながらも全力を尽くした。

これは自身の使命感や自己満足であって、相手に感謝や代償を求める行為ではない。

ただ、そうは思っても、男の言い方が気に入らなかった。

改まって言われなくても、真弓には十分な自覚があった。

自分がすでに罪を犯したこと。いかなる理由があったにしても、それが裁かれてしかるべき重罪なのだということを、どこの誰よりも理解し、また覚悟していたのだから。

「ヤクザなんてそんなものだ。欲しくなったら、どんなことをしてでも手に入れる」

「それって、俺を欲しいって言ってるのかよ」

「そういうことになるな」

――だったら初めからそう言えよ。

言葉を発する前に、男は真弓を抱き寄せ、唇を奪ってきた。

「っ……っ」

強引なそれに、呼吸が止まった。

いやらしげに蠢《うごめ》く舌が、あっという間に口内に潜り込んで、真弓の舌を搦《から》め捕《と》る。

「ん…んっ」

突然の行為だけでも血肉が騒ぐというのに、男はわざとらしく音まで立てた。

くちゅっと唾液が絡んだキス音がこんなに生々しいなんて、真弓はこのとき初めて知った。

欲情どころか、好奇心まで煽《あお》られる。

そうでなくとも、自慰さえないままひと月以上を過ごしていた。

頭で何を考えようと、身体が勝手に反応した。ときおり撫《な》でられる頬《ほお》やこめかみが気持ちよくて、真弓は男の肩を摑むも、それを押すことができない。

「ん……っ、んんっ」

これでは同意とみなされても仕方がない。男は幾度か角度を変えて唇をむさぼったあと、それを離したときにポツリと聞いてくる。

「抵抗しないのか」

「傷が開いたら、困るだろう」

やっと呼吸ができて、ホッとした。それなのに、数秒後にはどこからともなく不安が起こった。一瞬も離れたくないと、本能が叫んだ。

「そういう理由は聞きたくねぇな」

「なら、強請《ゆす》られたから」

ツイと顔を背けるも、身体はその場から動かなかった。

すでに彼を拒もうという気持ちが欠落していたのだ。

いつからだろうと考えたところで、はっきりとはわからない。

だが、真弓の気持ちのどこかに、こんなことになるような予感はすでにあった。

それほどこの六日の間、真弓は男と密接な時間を過ごした。

隣の部屋には、亡くしたばかりの母の遺影や遺骨がある。孤独と寂しさ、それ以上に起こる不安の中で、今にもおかしくなりそうだったのは真弓のほうだ。

それを、どんな形であってもごまかし、また埋めてくれたのはこの男だ。

皮肉なことだが、一度は忘れるべきか。いっそこの雨に流したほうがいいのかと迷った医学道への熱い思いも、再確認させたのはこの男だ。

この男が落としかけ、そして復活を遂げた〝命〟の輝きだ。

それに対して、嫌悪しろというほうが、真弓には無理だった。これが世に言う「恋」だとは思わなかったが、それ以上に「情」が生じていたことはごまかしようがない。それがどうして肉欲に繋《つな》がったのかは、ほとほと解明するのは難しそうだったが――――。

所詮《しょせん》は人だ。欲の塊だ。そう思ってしまえば、悩む必要もないように感じられた。

「もっと腹が立つ。どうせなら、少しは可愛いことも口にしろよ。その綺麗《きれい》な顔に似合う、極上な誘い文句でもさ」

「誰が――――あっ！」

男がふてくされながら、鼻で笑う。

改めて抱かれたときには、真弓はベッドに引き上げられて、すんなり組み敷かれた。大した回復力だと、かえって感心してしまう。

「まぁ、いいか。理由なんかどうだって。口で何を言ったところで、身体は正直だ。特に男は、ごまかしがきかないからな」

半端に開いた浴衣から覗《のぞ》く男の身体が、妙に真弓を興奮させた。

たくましい肩からチラチラと覗く紅蓮《ぐれん》の炎の向こうには、魔性の生き物が眠るというのに、真弓に起こるのは恐怖ではなく、やはり欲情だ。肢体と肢体が重なり合った途端に、身体の芯が熱くなった。

「俺に、そんな趣味はない」

「そうだな。俺も同じだ」

男は膨らみ始めた自身を、わざと真弓のそれに押し当ててきた。

硬くて大きなこわばりを誇張され、身体の疼《うず》きが増してくる。

「わかるだろう。でも、嘘《うそ》はついてない」

真弓の手を取ると、男は自身に導いた。

身動きの取れなかった男を、すでに六日も世話したあとだ。初めて触れるわけでもない。真弓はわざと男のそれをギュッと摑んだ。

どうせ外に出るわけでもないし――。そう言って面倒がった男の寝間着は浴衣だけだ。下着をつけていない男の欲情が、ダイレクトに掌《てのひら》から伝わってくる。

熱い。見る間に大きくなって、触感だけで真弓を威嚇する。

「ここは別の生き物だって言うからな」

「どんなに別でも、その気にならなきゃ機能しねぇよ」

真弓は握り締めたそれを、愛するように誘導された。

代わりに男が、真弓のそれを探ってくる。ジーンズの中で膨らみ始めた欲望は、男が前を寛《くつろ》げ、手を忍ばせてくるのを心待ちにしている。

すぐにでも解放してほしいと、せがんでいるようだ。

「あっ……っ」

やんわりと触れられ、その手中に包み込まれて、真弓は甘い吐息を漏らした。

それが気に入ったのか、男は再び唇を合わせて、真弓自身を丹念に愛してきた。

「そういやまだ、名前を聞いてなかったたな」

「これ以上、強請《ゆす》られるネタなんかやれるかよ」

なんとなく話をするも、その手が休まることはない。

互いに顔色を窺《うかが》いながら、相手のいいところを探っていく。

「そんなものは、お前の留守に学生証を見て知っているさ。ただ、お前の口からは聞いてない。だから、聞きたいだけだ」

「なら、自分も答えろよ。チンピラにだって、生まれ持った名前ぐらいはあるんだろう」

「虎王だ。虎の王と書いて虎王」

外耳を甘噛《あまが》みされながら告白されて、真弓の全身はわななないた。

嘘かもしれない呼び名を聞いただけなのに、これまで以上に感じてしまう。

一気に自分だけが昇りつめそうになって、気をそらすような言葉を放つ。

「完全に名前負けだな。いきがった挙げ句に、こんな目に遭うようじゃ、小虎がいいところだ」

「言ったな」

男は突然身体を起こして、真弓のジーンズに手をかけた。

力任せに下着ごとずらすと、今にも弾けそうに勃起した欲情が晒《さら》される。

「これでも寝間じゃ大虎なんだ」

「えっ――――っ、んっ！」

反射的に恥部を隠そうと手を伸ばすも、弾かれた。

男はむき出しになった真弓の欲望を摑むと、少しきつく扱《しご》き上げてから口に含む。

思いがけない生暖かさに包まれて、真弓は「ぁぁっ」と呻《うめ》いて、身体を捩《よじ》った。

――――卑怯《ひきょう》者！

愚痴と嬌声が同時に上がりそうになるのを、腰を左右に捩ってごまかしにかかる。

「やっ、それ、やばい」

ぬめりを帯びた男の口内が、真弓の欲望を丸呑《まるの》みしていく。

初めて覚えた快感は、一瞬芽生えた羞恥心《しゅうちしん》など、瞬く間に砕いてしまう。

「いぃ……っ。そこ、もっと」

――――このまま絶頂まで送ってほしい。

真弓はそれ以外のことが考えられなくなってきた。

男は真弓のそれを口に含みながらも、完全にジーンズと下着を外してしまう。

すらりと伸びた真弓の両足を徐々に開いて、その中心をなお深く咥《くわ》え込んでいく。

「あ。イく――――だめ、イッちゃうよ」

いつしか真弓の両手が、男の髪を掴んで、もっともっとと強請《ねだ》っていた。

しかし、よがる真弓を見ていた男は、今にも絶頂を迎えようとしていた欲望の付け根をきつく握り、愛撫をやめてしまった。

「……だめっ、やだっ。やめるな」

抜ける手前で阻まれ、恥も外聞もなく叫んだ。

「さ、お前も教えろよ。俺はお前を何て呼んで抱けばいい？」

わざわざ限界まで追い込んで、子供騙《だま》しのような尋問だった。

馬鹿馬鹿しいにもほどがある。真弓は、追いつめられて叫んだ自分より、こんなことを得意げにやってみせてきた男のほうに、恥ずかしさを覚えた。

いい大人がすることとか。そう思うと、余計に顔が赤らんだ。

「……智明」

山ほど悪態をついてやりたい。なのに、蚊の鳴くような声で答えた自分が恨めしい。

だが、今だけはどうでもいいから、先へ行きたかった。真弓の中で燻《くすぶ》る欲望は、吐き出されることしか望んでいない。

「真弓先生じゃなくていいのか」

「だったら聞くなよ。性格悪いな」

口では何を言おうが、真弓は続きを求めた。

摑んだ男の髪をクイと引いて、これはこれで「頼むから」と強請《ねだ》ったのだ。

「性格のいい奴が、ヤクザになるはずないだろう。どうせだから覚えとけ。ヤクザに〝いい人〟なんていやしねぇよ」

そう言うと男は、満足そうに笑った。きつく握り締めていた欲望の根元を緩めて、再び顔を伏せる。

愛《いと》おしげに口に含むと、今度こそ真弓を絶頂へ促していく。

「っ……っ、あっ――――っっ！」

恥を捨てて強請《ねだ》ってもらった快感に、真弓は遠慮などしなかった。

一度歯止めをかけられた分、焦《じ》れた欲情が身体の中から抜けたときには、快感以上に解放感を得た気がした。

「〝気持ちがいい人〟なら、いるかもしれないがな」

「ぁあっ……、そうかもな」

否定もせずに、男の言葉を受け入れた。

真弓にとって虎王という男は、確かに気持ちがいい人になった。たとえそれが今だけ、この行為の間だけであったとしても、否定する気にもならない。

「智明。お前は素直すぎだ」

「ん……っ、ぁあっ」

男はその後も真弓自身を扱いて、二度目の絶頂へと誘った。

三度目には、更に丁寧な愛撫を仕掛けて、真弓の身体の奥にはもっと感じる部位があることを教えてきた。

「やっぱり、ここはいいらしいな」

「あ、あっ！」

そこは、男の身体にのみ存在する愉悦の園だった。

男は長い指の一本を真弓の後孔から中へ忍ばせ、前立腺を擦《こす》り続けた。その後も何度となく、真弓を絶頂へと向かわせる。

「――――も、おかしくなる。こんなに一方的にされたら、麻痺《まひ》しちゃうよ」

次第に真弓の肉体を犯し続けた快感が、痙攣《けいれん》に変わった。

絶頂も続きすぎると、何がいいのかわからなくなってくるようだ。

真弓は、疲労感を覚え始めた身体を完全にベッドへ投げ出した。改めて脚を開かれ、男が身体を割り込ませてきても、微動だにしない。

「そうか。なら、そろそろいいか」

「もう、何でもいい」

言葉どおりに身体を投げ、すべてを男に委《ゆだ》ねる。

「そんなことを言って、後悔するなよ」

男は真弓の中を弄《いじ》り続けた指の代わりに、漲《みなぎ》る欲望を突きつけてくる。

きつく締まった後孔の入口を探って、亀頭を潜り込ませた。

「いっ――っっ」

その後は一気に入ってきた。鈍痛と同時に、二つの身体が一つに繋がった。

「あっっ――ちょっ！　ぁあっ」

「だから言っただろう。もう、遅い」

男は真弓の悶《もだ》えるさまが見たかったのだろうか。あえて上体は重ねずに、下肢だけを使って真弓の中を行き来した。

「虎…王っ」

あられもなく開いた足の中心を激しく攻められ、真弓は縋《すが》るように両手を伸ばす。

男はその手を摑むと、指に指を絡ませた。

行き場のない真弓の苦痛を掌から受け止め、それでいてなおも苦痛とも悦楽とも言い難い感覚を下肢から真弓に与えてくる。

「虎……王っ」

幾度か切なげに名前を呼ぶと、ふいに唇が塞《ふさ》がれた。

男は眺めるのをやめて、真弓に覆いかぶさってきた。

「虎王っ」

深々と口づけ、真弓の両手をきつく握り、男はなおも腰を打ちつけて抽挿《ちゆうそう》を続けた。

「あっ、あっ」

奥を突かれるたびに、真弓は甘く、苦しげな声を漏らし続ける。

「智明……っ」

そうして、今にもイきそうな男の声が鼓膜の奥に絡んだ瞬間、真弓はしばらく閉じていた瞼《まぶた》をゆっくりと開いた。

「いいよ、イきなよ――っ。も、イって」

うっすらと浮かべた笑みを見るなり、男がクッと奥歯を噛み締めた。

全身をぶるりと震わせた。

「――っ」

真弓の身体の奥には、男が放った欲望が一気に流れ込んできた。

熱い……と、うわ言のように呟《つぶや》く。

「智……っ」

今一度キスをされて、抱きしめ合った。

両手を背中に回して、これ以上ないほど肌と肌を密着させた。

胸から、そして腹部の奥から、男の鼓動が伝わってくる。

「虎王っ……。っ、虎……王」

これで気がすむだろうと思っていたのに、なぜか歯止めが利かなくなった。

「平気か？」

「ん……っ」

疲労感さえ超えたところにあるものは、いったい何なのだろうか？

真弓は、まるでそれまで感じていた飢えを満たすように、男と肌を重ね、そして交わり続けた。

それは、二人が出会って六日目の夜から七日目の朝まで続いた。

いつしか真弓は、愉悦の中で意識を手放した。

「虎が……。虎の目が」

「ん？」

ただ、あれは夢だったのだろうか？

それとも現実？

「なんでもない」

真弓は、ベッドから下りた男の背中に眠る獣と、一瞬目が合ったような気がした。

いつもは紅蓮の炎の中に横たわり、眠り続けた密林の覇者――猛虎《もうこ》が目覚め、その目でジッと真弓を見下ろし、別れを告げてきたような気がしたのだ。

『行ってしまう。手負いの獣はもう癒《い》えた。自分の住処《すみか》へ帰ってしまう。俺とは違う、医学の道とはまったく違う極道という獣道が続く密林の世界へ』

案の定、真弓が深い眠りから覚めたとき、男は部屋から消えていた。

『そんなの、初めからわかっていた。予感はあった。それなのに、俺は……』

メモ一枚残さず、連絡先一つ残さず、綺麗さっぱり跡形もなく。

『虎王――』

真弓に残ったものは、窓を叩《たた》く雨の音。

ベッドの傍らには、すでに男の温《ぬく》もりさえ残っていなかった。

「ふっ」

久しく蘇《よみがえ》った記憶に、真弓は思わず噴き出した。

よくよく考えれば、五年程度の時間で、忘れられるような出来事ではなかった。

思い出に変えられるような、男でもなかったのだ。

「虎王……か」

真弓は、今一度空いたベッドの傍らを撫でてみた。

あれ以来、真弓が誰かと寝床を分けたことは一度もない。虎王に会うまでも、会ってからも、真弓が肌を合わせた他人は虎王一人だ。

「はーっ。どこで、何をしてるんだかな。生きてさえくれれば、御の字か」

真弓は、溜息交じりに言ってみた。

相手がヤクザな男だけに、高望みはしない。再会を望める相手ではないだけに、本心とも強がりとも言える言葉を口にしたのだ。

「と、時間だ。支度しなきゃ」

ベッドを下りると、カーテンを開いて、外を見た。

「今日は大事な日だ。頑張らなきゃ」

今も降り続ける雨は、しばらくやむ兆《きざ》しを見せなかった。

2

一昨日から降り始めた雨は、今朝になっても一向にやむ兆しを見せなかった。

連日、厚い雲に覆われた空は薄暗く、いつ見てもどんよりとしている。それを目にした人々の気持ちまで、自然と同じ色に染めてしまいそうだ。

だが、こんな天気はしばらく続くと、気象庁は予報を出していた。

これが梅雨というものだ、仕方がない。

「せめて明るい話題でもないかな」

窓の外を眺めて、誰かが言った。

ここは港区広尾《みなとくひろお》に建つ、東都大学医学部付属病院。内科病棟のデスクルームだけに、意識して探さないと、なかなか明るい話題も出てこない。

しかも、普段から明るく笑顔が絶えないムードメーカーの真弓が黙っているので、自然と室内もどんよりとしていた。

そこへ、真弓が意を決したように席を立った。

「高階《たかしな》部長、よろしいですか」

「なんだね」

その場をまとめる年配の内科部長・高階に、突然〝退職届〟と書かれた封筒を手渡した。

「え？　退職？」

傍《そば》でそれを目にした先輩医師・伊万里歩《いまりあゆむ》の驚く声が室内に広がり、ざわめき立った。

「真弓が？」

「なんで？」

それは、新米医師である真弓がなんの前触れもなく見せた一つの決心だった。大学までの十数年間。そして大学での六年間。その上資格を取得してなお、前期研修で二年間。勉強に次ぐ勉強の時代が終わって、ようやく後期研修に入ってまだ一年足らずだ。これから専門医を目指して、更に前進あるのみという真弓の退職届だけに、誰もが動揺を隠せない。

中でも真弓の指導医の一人として接してきた先輩医師で、当院院長の四男でもある和泉聖人《いずみまさと》の驚愕《きょうがく》は並々ならぬものがある。感情のままに真弓の傍まで歩くと、腕を掴んで言い放った。

「どういうことだ。俺は一言も聞いてないぞ」

真弓は全身で彼の憤りを感じていた。

固く唇を結んだまま立ち尽くす。

「みんな静かに。真弓先生はちょっとここで待っていてください。他の方は仕事に。ミーティングは病棟のナースセンターで。聖人先生、私の代行をお願いします。いいですね」

高階は自身をも落ち着けるように一呼吸したあと、各自に優先すべきことを指示した。

他の者を部屋から出して、真弓一人をその場に残すと、手にした封筒を持ったままいったんデスクルームから姿を消した。

そして、次に現れたときには、真弓が出した退職届は持っていなかった。

「真弓先生。私と一緒に来てください」

「はい」

真弓は同行を求められて、デスクルームをあとにした。

病棟の長い廊下を、特に会話もないまま足早に移動する。

ここでの思い出を振り返ったところで、「忙しかった」の一言しか浮かばなかった。

だが、いざ辞めるとなったら寂しい、悲しい、名残《なごり》惜しいといった、未練を表す感情ばかりが湧《わ》き起こった。

これでよく退職の決断ができたものだと、自嘲《じちょう》の笑みが漏れそうになる。

「さ、ここだよ」

高階が一室の前で立ち止まった。他とは違う重厚な造りの扉を軽くノックする。

「はい」

「失礼します。真弓先生を連れてきました」

「入りたまえ」

真弓が誘導されたのは、これまで前を通りすぎることしかなかった院長室だった。

そこで、先ほど出した退職届を手にしていたのは、白衣姿がダンディーな年配の紳士。最近老いた院長の代行を兼任することが多くなってきた和泉真理《まさと》副院長——院長の長男だ。

彼は、常に日本《にほん》医学界の最前線を走り続ける、真弓の憧《あこが》れの医師だった。

また、大学時代から敬愛している恩師の一人でもあり、今も昔も変わることのない彼の医師としての信念には、心酔さえしていた。

幼い頃から「医師になりたい」と願って努力を続けてきた真弓が、気がつけば「東都の医師になりたい」「和泉のもとで、生涯医学を学び続けたい」と願うようになっていた。

それほど彼という医師の存在が大きかったからだ。

それにもかかわらず、真弓は今、和泉のもとから離れようとしていた。

いったい何がそうさせるのか、もしくはそうせざるを得ない何事かが起こったのか、まずはそこから聞きたいと思ったのだろう。部内のことに関してなら、ある程度権限を持つ高階が自分だけで対応をせず、あえて和泉に話を持っていったのは、真弓にきちんと説明をさせるためだ。

「これ、理由を聞かせてもらってもいいかな」

和泉は手にした退職届を見せながら、聞いてきた。

その顔や声色に、怒気はなかった。あるのは困惑とそれ以上の心配だけだ。

「一身上の都合では、だめでしょうか」

真弓の声は、緊張からか震えていた。

思えば和泉と面と向かって話をしたのは、大学時代に一度だけ。これで二度目だ。

こんなことがなければ、こうして個人的に向き合うことはなかったかもしれない。それほど手が届かなくても当たり前という意識しかなかった相手だけに、真弓の身体は自然に反応してしまう。声どころか、次第に頬まで引き攣《つ》ってきた。

すると、和泉が手にした封筒をデスクに置いた。

そして、少し姿勢を和《やわ》らげてみせる。

黙って立ち尽くす真弓の背後では、高階もまた、和泉の一挙一動に全神経を向けている。

「だめではないが、当院に落ち度があるなら、聞かせてほしいんだ。これまで東都グループは、若者の育成を第一に考えて大学を、そしてこの病院を経営・運営してきた。一日も早く君のような若者が一人前に育つことこそが、患者や社会に対して一番の貢献と考えてきたからだ。しかし、そのために組まれているカリキュラムは、他の大学や付属病院とは比べ物にならないほどハードなものだ。だから、それ自体が負担となって続かないのであれば、現状を見直す必要が出てくるからね」

どうやら和泉は、真弓の退職理由を職場への不満や改善抗議と捕らえたようだった。

これには真弓も驚いた。

理由も言わずに辞めようとすれば、そう解釈されても不思議はないのだが、真弓はこの誤解だけは解きたくて一歩前へ出る。

「いえ！　俺は、そんな和泉先生の方針や理念に賛同したから、東都で学び、東都で医師になることを決めました。どんなにカリキュラムがハードであっても、常に患者と接して臨床現場で経験を積めることに、不満を覚えたことはありません。むしろ感謝していますし、精神的な負担になったこともないです。もちろん、それ相応のプレッシャーはありますが、それさえやる気に変えてくださるのが、ここの先輩医師たちです。また、和泉副院長の存在ですから！」

よもや和泉を前にし、声を大にする日が来るとは思わなかった。

だが、それほど真弓は必死だった。

ここを去ることを決めた自分が望むものは、円満退職しかない。理由そのものが個人的な都合なのだから、今以上に悪い印象は残したくない。

しかも、勝手なようだが、距離を置くことと相手の好き嫌いは別なのだ。

東都で過ごしたすべての時間が宝であると豪語できる真弓にとって、東都の帝王・象徴とも言える和泉に誤解をされたまま嫌われるなんて、泣いても泣ききれない。

せめて、悪印象だけは残すことなく退きたい。が、そうなるとやはり退職理由の告白は不可欠だ。真弓は仕方なく口にした。

「ただ、そういう教えの中で育ててもらったからこそ、俺はいつまでもここで甘えているわけにはいかないと思ったんです。もっと他に、患者さんと社会に貢献ができる場所へ行かなきゃって、気がついたんです」

「それは、どこ……と、聞いても構わないかな」

「はい。矯正施設です」

「！」

驚きだけでは言い表せない感情が起こってか、和泉が眉間《みけん》に皺《しわ》を寄せた。

真弓は、まだまだ未熟な自分に対して理由を問うのは、高階や同僚ぐらいだと思っていたが、そもそもそれが間違いだったと痛感する。

本当の意味で東都の、和泉の持つ〝面倒見のよさ〟を見落としていたから、彼にこんな顔をさせてしまったのだ。

心から反省の念が起こる。

「どこも医師不足は一緒ですが、おそらく過疎地と一、二を争うほどの医師不足は、都会の中にあっても都会ではない、そんな塀の中にあるのではないかと思いました。実際、病がもとで働けない、それでやむなく悪事に手を染めた例も少なくないそうですし……」

それでも真弓は話を続けた。

ここまで打ち明けてしまったら、もう「そういうことなら、頑張りなさい」と言ってもらうしかない。そんな気持ちだ。

すると、真弓の背後に立っていた高階が、急に動いた。

「そういえば、最近東京《とうきょう》刑務所内の勤務医を募集していました。院内の掲示板にも、確かポスターが貼《は》ってあったと記憶しております」

「そういうことかな？」

高階の説明を受けて、和泉が真弓に問う。

「はい」

力強く返事をすると、和泉は「そうか」と言って溜息をついたが、それはどこか舌打ちにも似ていた。

理由を話した真弓のほうは、「決して悪い退職理由、転職先ではないはずだ」という自信があった。こうなったら和泉から直《じか》に応援してもらえるかもしれないと、逆に期待から目を輝かせている。

だが、和泉の表情はいっこうにすぐれない。それは高階も同じだ。

それどころか、彼は彼で意を決したのか、きっぱりと真弓に言い放ってきた。

「確かに、君の考えは間違いではない。逆を言えば、誰もができる決断でもない。本当なら同じ医師として、それは英断だと称《たた》えるべきだろう。だが、それを踏まえた上で、もう一度だけ今後の進路を検討してくれないだろうか？」

「え？」

「事が事だけに、私も正直に言おう。もし、君が私くらいの年なら笑って当院から送り出す。現場の最前線を担っているような聖人たち、四十代前後の者であっても、それも一つの医学道かと諦《あきら》める。だが、君はまだ三十前だ。これからの十年が大きい。それをどこで過ごし、また学ぶかによっては、将来に天地ほどの実力差が生じるだろう。ここでの一年が、他院での二年分の経験に相当することは、君もわかっているはずだ」

真弓の転職理由が正当ならば、和泉が反対した理由もまた正当なものだった。

「それに、最先端医療を心がける当院と、限られた設備の中でやりくりするしかない塀内の現場では、どうしても得られる知識や経験が変わってくる。そして、それは日々の積み重ねの中で、真弓智明という医師が、生涯に助けられる患者の数さえ自然と変えていってしまうだろう。それならばせめてあと十年、ここで医師としての基盤をしっかりとつくってから行ってほしい。言葉は悪いが、君はまだ未熟だ。安心して頑張れとは口にできない。なぜなら、どこにあっても命は命だ。誰のものであっても、その重さに変わりがないからだ」

特に和泉からしてみれば、これは親心であると同時に先駆者としての切望だ。

真弓は、それを覆《くつがえ》すことができなかった。

「とにかく、考え直してほしい。これは一度返すから」

「わかりました。お手数をおかけして、申し訳ありませんでした」

返された退職届を胸に、真弓は身を引いた。

言われるまま今一度考え直し、そうして一週間後に、再び和泉のもとを訪ねることになった。


「失礼します」

歯切れのよいノックを響かせ、「どうぞ」と言われると、真弓は副院長室に入った。

和泉は部屋の奥に置かれたデスクに向かっていた。

しかし、その前には真弓の指導医を務めてきた聖人、そしてなぜか外科部のエースにして、国内でも天才外科医の名をほしいがままにしている黒河《くろかわ》療治《りょうじ》が揃《そろ》っていた。

「よう。来たな」

「は…い」

医師としてのみならず、ルックスも人格も最高の評価を受ける男たちの話題の主は、どうやら真弓だったようだ。

聖人がニヤリと笑って声をかけてきた。

「先にいいことを教えてやる。もしお前がここに残って、後期の専門に外科を希望するなら、黒河が面倒見てくれることになった。このまま内科で行くなら、もちろん俺が続けて見る。それを踏まえた上で、ここと施設を秤《はかり》にかけてみろ」

「――――え？」

それはいったい、どんな特別待遇なのだろうか？

真弓はこれまでに、自分がそこまでしてもらえるような才能や期待、評価があったとは思えず、一瞬困惑した。

そうでなくても、まだまだ新米医師の真弓にとって、この顔ぶれは揃っているだけでパワハラだ。これで施設を選ぼうものなら、聖人と黒河はおろか、彼らの信者からだって何を言われるかわからない。間違いなく、当院でも伝説に残る「大馬鹿者」と呼ばれるだろうし、場合によっては「罰当たり」と言われて呪《のろ》われるかもしれない。

それほど聖人も黒河も、新米医師にとっては神のような先輩だ。お金を払ってでも指導してもらいたいと切望する新米医師は、山のようにいる。

だが、だからこそ、二人が名乗りを上げてまで自分を引き留めにかかる理由が、真弓にはわからなかった。

自分が未熟だという理由だけで、彼らほどの者たちが動くだろうか？

そもそも自分が期待のルーキーだったというなら、これまでにそういう扱いや兆しが、ちょっとぐらいはあっただろう。が、それはまったく覚えがない。

そもそも自分レベルの新米医師ならば、ゴロゴロいるのが大学病院だ。

そこから一つ、二つ抜けた人材は、同僚の目から見ても「あいつは特別だ」「何かが違う」と、わかるものなのだ。

いい例が、真弓の一つ後輩の当麻勝義《とうまかつよし》だった。

今年から黒河の指導を受けて胸部心臓外科の専門医を目指す彼は、学生時代から常に主席を争い続けた次席者だった。成績的には、常に上の下とも中の上とも言い難いところで過ごした真弓とは、やはり持っているものが違うのだ。

こうなると、真弓に思い当たるのは〝心配〟しかなかった。

真弓が選んだ転職先への不安が、この強引な引き留めに繋がっている。

やはり矯正施設――刑務所内という特殊な場所が、彼らにとってもネックになっているのかもしれない。

和泉が「それは英断だ」と称えながらも、教え子を安心して送り出すことができない。それは聖人も同様だ。

しかも、ここに過去内戦中の他国医療施設へ赴いたことのある黒河までもが加わった。

どれほど心配なのか、俺は地獄にでも行こうとしているのかと、聞きたくなってくる。

だが、だからこそ、真弓は尚更《なおさら》引けないと思った。この不安とも偏見とも呼べるものが、きっと塀内医師の人手不足を招いているに違いないのだ。

「結論は出たか？」

「はい」

聖人に聞かれて、真弓は息を呑んだ。

そして一度深呼吸をしてから、改めて用意してきた退職届を和泉の前に差し出した。

清水《きよみず》の舞台から飛び降りるような気持ちとは、まさにこのことだ。

「げっ。二人がかりでもだめか」

聖人がわざとらしくぼやいた。

「すみません。俺にはかえって恐れ多くて」

「なんだ、逆効果か。いい条件だと思ったのにな」

黒河も聖人に合わせて、相づちを打つ。

だが、二人とも「他人の好意を無にしやがって」という不機嫌さは、微塵《みじん》も見せなかった。

むしろ、「やっぱりな」と言いたげに笑っている。どうやら指導医の話は、彼らからの最終確認だったようだ。俺たちを振り切るぐらいの覚悟がなければ務まらないぞ、と言いたかったのかもしれない。

それでも和泉だけは、感情のおもむくままに苦笑を浮かべた。

「気持ちに変わりはなしってことか」

これを自分がどんな気持ちで受理するのか、隠そうともしない。

真弓の胸がズキズキと痛む。

「はい。わがままを言ってすみません。でも、俺はこれからもちゃんと勉強します。どこへ行っても、ちゃんと勉強して、和泉先生の思う未熟じゃない医師に必ずなりますから、どうか……、許してください」

真弓は身体を二つに折った。

それを見た和泉は、退職届をデスクの引き出しにしまった。代わりに一枚のカードを真弓に差し出してくる。

「そこまで言うなら、これは受理しよう。代わりにこれを持って行きなさい」

「新しい身分証？」

真弓は意味がわからず、首を傾《かし》げた。新規で作られたであろうそれに、手が出ない。

「今後の研修、勉強会の場として、当院と医学部に通えるように手配をしておいた。法務省矯正局の幹部にも話は通してあるので、落ち着いたら利用を開始しなさい」

「和泉副院長……？」

思いがけない申し出を受けて恐縮した。声が上ずるどころか、全身がこわばった。

すると、ようやく和泉がその顔に笑みを浮かべた。

「私の教え子は、どうも私に似て頑固者が多い。それぐらいは理解しているよ。だが、どのような環境に置かれても、医師である限り勉強不足、力不足は許されない。患者とその家族に言い訳が利かないのは事実だ。君が新地に何を求めるにしても、医師にとって一生学びは不可欠だ。両立するのは大変だろうが、頑張ってほしい」

一枚のカードに込められた配慮と理念に、真弓の目頭が熱くなった。

真弓が焦がれ慕った和泉は、こんなときにさえ予期せぬ感動をくれた。医師として歪みのない道を示し、また明確にそれを用意してくれたのだ。

真弓は震えの止まらない手で、新しい身分証を掴んだ。

「ありがとうございます。心して通わせていただきます。本当に、すみません‼」

握り締めたカードを胸に、改めて深々と頭を下げた。

「まあ、そのあたりは持ちつ持たれつだと思って利用すればいいんじゃね？　どうせ和泉がこんな待遇を用意するには、それなりに下心があってのことだ。この際、堺内にも独自の情報網を作っておこうとか、内通者を育てようとかさ」

一つの儀式を見届けた黒河が、真弓の傍に来るとポンと肩を叩いた。

「そうそう。それに、万が一にもここまで育ててきた若手が新天地でドロップアウトなんてことになったら、後悔じゃすまない。それこそ医師不足に輪をかけることになるもんな」

聖人もまた黒河同様、真弓の肩をポンと叩く。

だが、聖人の言葉にハッとし、真弓は彼らの真意を悟った。

「いいか、真弓。これだけは忘れるな。お前の医師としての自信と誇りの源は東都《ここ》にある。仮に堺内は性に合わない、努力だけでは補えないものがあると感じたときには、素直に白旗を揚げて帰ってこい。お前はこれまで、ここで使えるように俺たちが鍛えてきた医師だ。たとえ他で評価されなくても、俺たちは評価する。出戻りも歓迎する。だから、いいな」

「聖人先生……」

彼らは、いざというときに真弓には逃げ道があることをわざわざ言葉にしてくれた。

「――――ようは、どんな医師でも白衣の下は人間だってことだ。得手不得手は必ずあって当然のことだし、患者にとって必要なのは適切な診断と治療をしてくれる医師であって、個人の意地や自尊心じゃない。わかるか」

「はい。黒河先生」

この先真弓が悩み、苦しむことができたとき、何を一番に重んじて答えを出すべきかを、はっきりと示してくれた。

「なら、初めは無理しない程度に頑張れよ」

「時には逃げるが勝ちだからな」

過保護といえば過保護な助言だった。

しかし、それは真弓のためだけの助言ではなかった。

真弓が幼い頃から力になりたい、助けたいと思い努力してきた結果の先にいる患者のため、すべては病《やまい》や怪我《けが》に苦しむ者たちのためだ。

「ありがとうございます……。先生たちからいただいた言葉を胸に、向こうでも頑張ります。最初はわからないことだらけで、泣き言も多いかもしれませんが、最後はよくやったと褒めていただけるように精いっぱい努めます」

和泉
真弓

真弓は、今ほど東都へ来てよかったと思ったことはなかった。

彼らと同じ学び舎《や》で学び、そして勤め、一生切れることのない絆《きずな》が得られたことに誇りと喜びを感じたことはなかった。

「それでは、失礼します。本当にありがとうございました」

真弓は訪れたときよりはっきりとした口調、そして笑顔で副院長をあとにした。

そうして梅雨も明けてすっかり夏の日差しが眩《まぶ》しくなった七月の半ば、空を仰ぐような高さの石壁の中へ自ら足を踏み入れた。

東京刑務所内医務部医療室――そこが真弓の新たな職場となった。

＊＊＊

収容人数の定員を常に上回る東京刑務所は都下にあり、それ自体が町のようだった。

高さ五メートルはあろう石壁に、更に上へ二メートルは伸びる有刺鉄線の柵《さく》。それらに四方を囲まれ、俗世間とは完全に隔離された空間の中には、何十棟もの建物や作業工場が並んでいた。

収容された犯罪者は、罪状によって級分けされて棟別に管理されているが、医務部に勤務することとなった真弓には、全員が診察対象者だ。

軽犯罪者から再犯者、重犯罪者であっても区別はない。

どれほど高い志《こころざし》を持って勤めるにしても、決して楽な職場ではないのが現実だ。真弓もそれ相応の覚悟を持って出勤初日を迎えた。

それでも塀内に身を投じた瞬間から、真弓は目には見えない圧迫感のようなものを全身で感じ取った。

身の引き締まる思いで更衣室を目指し、そして白衣を纏《まと》って医務室へ向かう。

「よし」

真弓が日々勤める医務室は、敷地内でも「篤行寮《とっこう》」と名付けられた棟内の一角にあった。

どこか大正《たいしょう》ロマンを匂わせる英国チューダー式の洋館には、現在主に仮釈放が決まった者、または近日刑期を終えて釈放される者たちが集められて、最後の教えを受けている。敷地内でも唯一の特別開放房だ。医務室の他には事務所や職員室なども入っているため、他棟にはない穏やかさがある。

真弓は少しばかり安堵《あんど》し、長い廊下を歩いた。

これで、受刑者たちの専用グラウンドが一望できる窓のすべてが、開閉不可のはめ殺しでなければ、一瞬とはいえ現実を忘れてしまいそうだ。

「今日からお世話になります、真弓智明です。よろしくお願いします」

医務室に着くと、ノックと共に挨拶《あいさつ》をした。ピンと伸びやかで張りのある真弓の声は、それだけで彼本来の朗らかさが伝わるものだ。

部屋の中にはシャウカステンつきの診察用デスクが五脚ほど並び、必要な機材や薬品が納められた棚が壁一面に十台ほど並んでいた。

他には治療用の簡易ベッドが四つ、カーテンで仕切られた一角内には、パイプベッドも四つほどあったが、室内全体を見渡したときの印象は学生時代の保健室だ。

部屋そのものはそれなりに広いし、ある程度の機材も揃っているが、病院の外来診察室というより、やはり保健室という気がした。

真弓は不思議な気がして、じっくりと中を見回すも、誰もいない。

続き部屋の扉が開いたのは、もう一度声を発しようかと思ったときだ。

「あ、よろしく。愛染《あいぜん》だ」

奥から出てきたのは、三十半ばから四十手前と思われる中肉長身の華やかな男性・愛染匡一《きょういち》郎《ろう》だった。パッと見だけでも端正なマスクに、まず目を奪われる。

いささか軽薄な感じにも見えなくないのは、妙に色気があるせいだろう。医師と言われるよりも銀座《ぎんざ》のホストクラブのナンバーワンだと言われるほうがしっくりくる。これまで聖人や黒河を間近で見てきた真弓でも、彼らに勝るとも劣らないルックスだと思うのだから、愛染の色男ぶりはそうとうなものだ。

ただ、外見のよさは見てすぐにわかるものだが、わからないのは彼の内面だった。

人見知りなのか、面倒くさがりなのか、愛染はとても無愛想だ。顔がいいだけにもったいない。

しかも、羽織っているのは白衣の形はしているが黒衣だ。白が黒に変わっただけで、なんとも物騒で縁起の悪さを感じる。仮にも人の改善、回復を願う立場の者が喪の色を纏うとは、どうも解せない。白衣症候群の受刑者でもいるのだろうか？

真弓が知る中では、成人相手であっても、あえて白衣外の制服を着用している病院がある。ピンクやブルー、ときにはアロハのような柄まであり、それらは白衣に対して圧迫感を覚える患者の精神的負担を軽減するためだ。が、さすがに黒は聞いたことがない。

真弓は首を傾げた。わからないことは聞くに限る。

「あ…の、ここの先生ですよね？」

「一応、医務部医療課長だけど」

「では、その白衣の形をした黒衣は……？　ここには白衣でストレス障害を起こす方でも、いらっしゃるんですか？」

「いや。これは特注。別に白衣症候群の患者対策じゃないし、単に汚れが目立たなくていいかと思って」

真弓は余計に彼がわからなくなった。ますますポカンとする。

「それだけですか？」

「他に何かあるか」

普通なら、『そうは言っても誰かの供養か何かで、特別な理由があるんだろう』と思うところだが、生憎《あいにく》愛染からはそういうものがまったく感じられない。

かといって、本当に汚れのためだけなのかといえば、そうは思えず。真弓は失礼を承知で素直な感想をぶつけてみた。

「受刑者さんへの脅しかと思いました。前科何犯だか知らねぇが、俺をなめんなよ。なめた真似《まね》したら、このまま火葬場に送ってやるからな。みたいな」

するると、愛染は「は？」と鼻息を荒くした。

「お前、いい度胸だな。愛玩《あいがん》動物みたいな面《つら》して、よく言った。これでも俺は、お前の上司だぞ。公務員の縦社会をなめるなよ。来て一分も経《た》たないうちにケンカを売るってどういうことだ」

目を細めて寄ってきたかと思うと、いきなり真弓の口元を片手で掴んで握ってきた。「痛い」と発する前に、両頬をグリグリと揉《も》まれて、真弓は顔を歪ませる。すらりとした肢体からは想像もできなかったが、愛染の握力はかなりのものだ。

「しゅみまへんっ。ほれはら、きをふけますっ」

真弓は、怒られたにもかかわらず、その顔に笑みを浮かべた。

出合い頭から愛染の機嫌を損ね、体罰まで食らっているというのに嬉《うれ》しそうだ。

これには愛染のほうが眉間に皺を寄せた。真弓から手を離すと、怪訝《けげん》そうに言い放つ。

「そう言いながら、何を笑ってるんだ。反省の色ゼロだな」

「それは、その…。先生が普通の反応をしてくださる方だったので、安心したんです。だってほら、何しても無反応な人のほうが怖いじゃないですか」

真弓はここでも正直に話した。

愛染の混迷ぶりが、いっそう強くなる。

「ずいぶん変わった解釈だな」

「先生の黒衣ほどではないかと思いますが」

それでも真弓が痛む頬をさすって唇をすぼめると、愛染は呆《あき》れた顔で溜息を漏らした。

「――まあいい。確かにお前の言うことも一理あるからな」

「？」

「黒衣は確かに脅しだよ。こんな場末にまともな医者が来ると思うなよ。自分が可愛かったら、せいぜい健康管理に勤《いそ》しむことだ。ここは地獄の一丁目であって、休息の場じゃない。間違っても仮病なんかで来るなよって意味だ」

愛染の目つきが変わった。シニカルに徹した笑みは、ときとして黒衣を纏った医師を死神の使いにも見せる。

だが、真弓はそんな脅しもなんのそのだ。

「優しいんですね。愛染先生って」

真弓は愛染の表情やムードそのものより、発せられた言葉の一つ一つを受けとめて、これが彼の受刑者への愛情表現だと判断した。自分が可愛かったら、健康管理。どんな言い方をしようが、これを促す医師に悪い者はいない。それが真弓の判断基準だったのだ。

拍子抜けしたのか、愛染は頭を抱えている。

「やっぱりここには、おかしな奴しか送られてこないな。お前も、そんなんだから、島流し同然の目に遭うんだ」

「島流し？」

「今のうちに吐露しちまえ。どんな失敗をやらかした。患者の体内に針でも忘れてきたか？　点滴の中身でも間違えて、患者の一人、二人安楽死でもさせちまったのか」

改めて真弓に迫ってくると、真剣な顔で耳打ちしてきた。

「――――愛染先生、そんな医療ミスをしてここに来たんですか！　それって牢《ろう》に入る代わりに、ここで奉仕活動なんですか？」

「誰がするか！　俺は、お前のことを聞いてるんだ。そうでなければ、お前みたいな年頃の奴が、好きこのんで来るような場所じゃないだろう、ここは！」

声を荒らげた真弓に、ムキになって返してきた。

すでに無愛想だった第一印象は、見る影もない。

これには真弓の笑顔も、輝きが増すばかりだ。

「でも、愛染先生は来たんですよね。何もなくても、ここへ。だったら俺が来ても不思議じゃないと思いますけど。違いますか？」

一瞬、真顔で問われて、愛染が黙った。

よほどの理由か信念か、さもなくば目的がなければ、確かにここは誰もが好んで勤める職場ではない。そうでなくとも、医師不足はどこでも叫ばれているのだ。

勤務条件に特別わがままさえ言わなければ、勤め先がないことはない。それは、真弓を問い詰めた愛染のほうがわかっているはずなのだ。

それでもあえて塀内に飛び込んだ理由――――それは、愛染本人にしかわからない。

「はーっ。話にならねぇや。もういい。適当にやってくれ」

これ以上、この話題は続けたくない。そう判断したのか、愛染が真弓に背を向けた。

「はい！」

真弓も、これに関しては、しつこく聞こうとは思わなかった。

個々にどんな理由や経緯があっても、患者にとって必要なのは、正しい診断と適した治療ができること。医師にはそれ以外、何も必要ないのだと、黒河にもはっきりと言われた。

真弓は尊敬の念を持って、その言葉に従うだけだ。

「あ、愛染先生。それで、他の先生方や看護師さんたちはどこに？」

「週五出勤の常勤医は、俺とお前だけだ。他の医師や技師、看護師は入れ代わり立ち代わりで、週一出勤の奴から週二程度の奴まで、曜日も時間もバラバラだな。名前と顔が一致する奴がいたらラッキー程度に思っておくほうが正解だ。俺もほとんど覚えてない」

愛染も真弓に背こそ向けたが、聞けばちゃんと答えてくれた。

無視しないだけ、いい人だ。これも真弓が人を見るときの判断基準だ。

「でも、ここの収容人数って確か……」

「常に満床オーバーで三千人弱だ」

「それを二人で診《み》るんですか⁉」

「別にここは病院じゃない。学校の保健室に毛が生えた程度だと思えば、二人いるだけでもまだマシだ。地方へ行ったら、常勤が一人もいないムショもあるぐらいだしな」

それにしても、聞きしに勝る過酷さだった。面接を受けたときには、もう少しどうにかなっているような説明をされた気がしたが、あれは幻聴だったらしい。

しかも、「これでもマシだ」と愛染が言うのだから、本当に最悪な事態は、今の真弓には想像もできない状況なのだろう。

「それに、とりあえず誰かが出てくれれば、医師と名のつく者が十人近くはいる。ただし、内科は俺とお前だけ。残りは外科に歯科に精神科もろもろだから、そのつもりで」

「――――はい」

医師の出勤状況で、よもや「とりあえず」と前置きされる日がくるとは、想像もしたことがなかった。真弓はここへきて、いかに自分が恵まれた環境にいたのかを実感し始める。

「あ、それでお前。専門はなんだ」

「まだ、取得していません。前期研修で内科にいたんですが、お世話になった指導医が外科にも精通している方だったので、後期を検討中だったんです」

「何も内科か」

「は？」

それでも、不意打ちを狙《ねら》ったようにオヤジギャグをかまされると、真弓は上司相手だというのに、お構いなく突っ込んだ。

こんなことなら、無愛想でシニカルなクール医師を徹してくれたほうが、見栄えがいいだけに夢がある。が、いったん「適当」を決めた男の対応は、本当に適当だった。

愛染はデスクに提出されていた真弓の履歴書に目を通すと、平然と言ってきたのだ。

「いや、それなら所内に専門研修制度があるから、ここで取ればいい。――東都出身なら、泌尿器科より肛門科のほうが得意か？」

「それはセクハラですか」

「いや。真面目《まじめ》に聞いたが」

「愛染先生！　ここ、普通は冗談だとかって言って、笑うところでしょう！」

いや、笑いごとではすまなかった。

真弓が一心不乱になって学んできた東都大学は、確かに国内でも最高の偏差値を誇る〝私立の東大〟と呼ばれる名門大学だった。

しかし、そんな学び舎には、初等部から高等部までの付属学園が存在し、全寮制で十二年をゆうにすごしたのちに大学まで通い続ける者が多いことから、生徒の七割が同性恋愛経験者だと言われる男の園でもあったのだ。

それがプラトニックで終わるのか、そうでないのかは定かでないが、とにかく異性恋愛経験者の三割のほとんどが、大学から入った真弓のような一般入試者だということは確かだ。

おかげで、そんな予備知識がないまま東都を目指した真弓は、合格が決まったとたんに、交際中の彼女に別れを告げられた。

「合格したら、お泊まりしようね」って言ったのに。

彼女は「東大は東大でも、東都は論外よ」と言いきった。「どうせそのうちに、あなたも染まるのよ」とまで言われて、真弓は何がなんだかわからないままフラれて泣き暮れたのだ。

そして、こうなったら学業一本で頑張るしかない。いっそ主席を目指すか！　と、傷心を踏み台に大学の門をくぐったにもかかわらず、気がつけば彼女の予告どおりになっていた。

決して他人のせいにするつもりはないが、真弓が偶然拾った極道・虎王に心を奪われたのは、やはり環境の変化による影響が否めない。

なにせ、入学したその日から、「一目惚《ぼ》れだ」と言っては、何人もの同級生から告白をされた。友人から「片思いだ」と相談を受ければ、相手は医学部のトップだとか、法学部のトップだとか、とにかく男のことしか聞かされなかった。

その上、そういったことにかかわったり、名前が挙がる人間に限って、ルックスがよくて頭もいい上に人格者だから始末が悪い。いつの間にか、「ああ、これじゃ惚れちゃうよな。性別の問題じゃないかも」と、自然に説得されてしまうのだ。

しかも、ある日悪魔な友人が、真弓にトドメのような恋愛論をぶつけてきた。

だったらお前は、黒河先生に告白されても、いやですと逃げられるか？

和泉先生に急に抱きしめられても、絶対にキュンとしないのか？

場合によっては、あの激可愛い伊万里先輩が、泣きそうな顔で「好き」って言って胸に飛び込んできたら、どうする？　ごめんなさいって言えるのか？

俺には言えない！　出された果実はガッツリ食うぞ。もう、食われたって本望だ。

なにせここは、神とアダムと蛇しか存在しないエデンの園だからな――――と。

もちろん、そのときは「大蛇退散！」と、友人を追っ払った。真弓は頑として「尊敬と恋愛は別物だ」と主張し、何年越しに口説いてくる輩《やから》も突っぱね続けた。

だが、真弓にとってのエデンの園は、思いがけないところに存在した。

医学生の自分の前に、手負いという極上な果実をぶら下げた虎王は、人には言えない秘密という蜜《みつ》まで滴《したた》り落として、蛇とアダムを兼任して真弓を誘惑してきたのだ。

それも、母を亡くした直後に――――。

結果は、陥落だった。それにもかかわらず、現在は独り身だ。

せめてもの慰めに、「次は普通に戻るぞ」「彼女をつくるぞ」と思ったところで、東都男のレッテルは強力だ。しかも、こんなところで専門選考の題材にまで使われるという、凄《すご》みさえ持っているのだ。

「生憎俺は、冗談が嫌いな男なんだ」

「ウケないオヤジギャグはかますくせに」

おかげで真弓は、出勤初日から上司を上司とも思わない部下になった。

「なんか言ったか?」

「いえ、何も」

愛染はそれをどう思ったのか、不敵に笑う。

「――――まあ、いい。はなから上司にものが言えるぐらいでなきゃ、ここでは務まらない。むしろ期待のルーキーだ。これならひと月ぐらいはもつかもしれない」

「ひと月…?」

「もっとも、東都みたいな温室育ち。三日もてば両手放しで褒めてやるけどな」

和泉が、聖人や黒河が心配した新天地での出発。それは塀内という環境もさることながら、こうした同僚からの対応に心配があったのかもしれない。

東都大学医学部付属病院は、他院とは違う。大学と医療企業をグループ内に収める個人経営のよさを最大限に生かした、和泉一族の理念で運営されている大学であり付属病院だ。「東都グループ」と呼ばれるこれ自体が、独自のスタイルを持った医局と呼べる。

もちろん、他とはあまりに違うシステム、そして教育方法を取っていることから、肉体的には他を圧倒する厳しさがある。

だが、その分上から下へのフォローが絶大で、人間関係が円満なのが最大の特徴だ。精神的な面から崩れていく者がまずいないことから、結果的に若手が育つのが早いのだ。

しかし、他大学、他院で育った医師からすれば、これが妬《ねた》みや嫉《そね》みのもとになる。

それほど縦にも横にもしがらみが強く、黒河でさえ研修等で他院に行けば、その若さに見合わない実力から嫌味の十や二十は食らうほどだ。

最近では、東都大学を主席で卒業したにもかかわらず、他院に勤めたがために指導医からのパワハラで心を病んで白衣を脱ぎかけた一つ下の後輩・織原忍《おりはらしのぶ》の例もある。それらに比べたら、真弓が愛染から食らっている嫌味など、ただの挨拶だ。気持ちでだけは負けまいと、かえって腹を括《くく》って笑い返した。

「じゃあ、三日すぎたらまずは褒めてくださいね。俺、大学から東都育ちなもので、褒められないと伸びない性質なので」

「面倒くさい奴」

呆れて吐き捨てた愛染が、どういう性質の男なのかは、今日のことだけではわからない。

真弓にとって、味方になるのか敵になるのか、彼は内に秘めているものが多そうだ。

「それで、俺は何からすればいいでしょうか」

「そうだな。手始めに待合室を見てこい。たむろってる奴がいたら追っ払え」

「は？」

黒衣の下に隠された素顔や本心は、一日一夜の付き合いでは理解できそうにない。ここから何年経っても、場合によっては理解できない可能性もある。

「担ぎ込まれてくる奴以外は、大概仮病か思い込みだ。あとは塀内の情報交換に来て、談話室代わりにしてるだけだから、適当にあしらって構わない」

「そんな、適当にって」

「これを最初に覚えてくれないと、仕事にならないんだよ。ほら、四の五の言わずに行ってこい。みんな千両役者だから、騙されるなよ」

今現在愛染から出された指示の内容は、本当に「適当」としか言いようがなかった。

真弓はこれだけは理解し「はい」と返事をしたが、本日何度目かの首を傾げることになった。

3

塀内でも一番穏やかで世間に近い篤行寮内にあるためか、医務室の待合所は確かに談話室のような使われ方をされていた。

真弓がこっそり様子を窺うと、診察を待っていたのは十名程度だったが、重体に見える者は一人もいない。調子が悪そうだと感じる者も半数程度で、あとは何をしに来たんだと聞きたくなる顔色だ。愛染の言う「追っ払え」とは、こういうことかと真弓は即座に納得した。

ただ、いざ追い払いにかかると、真弓は受刑者たちから思いがけない歓迎を受けた。

「うひょー。こんなアイドル顔したお兄ちゃんが、新しい先生かよ。嬉しいね」

「癒《いや》されるな〜。そういや、うちの息子もこれぐらいになってるか？」

「真弓ちゃんか。それにしても、顔も名前も可愛いねぇ。まあ、残り少ない付き合いだけど、よろしく頼むよ」

反復的な日常が当然の塀内。彼らにとっては、目新しい存在が現れたというだけでモチベーションが上がるのだろう。

だが、そもそもどうしてこんなところに来たんだ？　もとをただせば、はしゃげる立場ではないだろう！　と考えれば、せめて「反省してます」という態度でいられないのかと、真弓は憤りを覚えた。

『こいつら、これ以上送る場所がないのが超・腹立つ。愛染先生が、どうして黒衣なんか羽織ってるのか、なんとなくわかった。もう、無言で圧力をかけたいんだろうな』

今にも出そうになった舌打ちを堪《たた》えて、仁王立ちする。何事も最初が肝心だ。ここでなめられてはいけないと、思い切り態度も目つきも悪くしてみた。

「それで、どこが悪いんですって？」

「腹の具合がちょっと。でも、真弓ちゃんの顔を見たらよくなったかも」

まったく効果がなかった。

やはり、持って生まれた真弓のビジュアルが邪魔をした。

どんなに凄んだところで、猫が豹《ひょう》ほど相手を威嚇できるかといえば、それはない。

おそらく愛染の黒衣を借りたところで、猫は猫だ。病院ならば大いに役に立つ、人好きされる容姿も、ここでは足を引っ張りそうだ。開口一番「アイドル顔」と言われたが、これも初めてのことではない。記憶を辿《たど》っても、真弓は幼少時代から似たようなことしか言われていないのだ。

「だったら作業に戻りましょうね。どうせなら模範囚と言われて出たいでしょう」

「そうだな。せめて模範囚の肩書ぐらい持って帰らなきゃ、家に入れてもらえねぇもんな。ああ、早く会いたいよ」

それでもこの場にいたのが比較的に物わかりのよさそうな、なおかつ出所間際の高齢者とあって引き際はよかった。

見るからに仮病で遊びに来ただろうという輩は、すごすごと去っていく。

しかし、「腹が痛い」と訴えながらも、世間話は別腹なのか、若い男が真弓に話しかけてきた。

「佐々木《ささき》のおっさん。ああ見えても、もとは大企業のお偉いさんなんだぜ。社内事故で死傷者出したのを、上が隠蔽《いんぺい》したのがバレた責任を全部おっかぶったんだ。運がないよな。たまたま書類の右から二番目にハンコを押してただけなのに」

男の作業着の襟元からは、チラリと彫り物が覗いて見えた。佐々木とは塀内で知り合ったのだろうが、なんとも神妙な顔で説明していた。

一言で受刑者と言っても、刑期も罪状も様々だ。また、直接被害者に手を下すだけが罪ではない。佐々木のように、立場や責任から生じる罪もある。

改めて、考えさせられそうだ。真弓は「そうですか」と、相づちを打った。

どうせ睨《にら》んでも効き目がないならと、笑ってみせる。

「でも、そんな話ができるほど元気なら、作業に戻れますよね。戻りましょうか」

「え？　こういうのもっと聞きたくねぇの。普通は聞きたがるぞ、ここの奴らは」

「俺は血税から給料をもらっている自覚があるもので」

「へーっ。いつまでそう言ってるかな。せいぜい期待させろよ。真弓ちゃん」

ヤクザ相手に開き直って笑ったのが、かえって利いたようだ。男は言われるまま待合室を出ていった。

『普通は聞きたがる、か……』

残された真弓の顔からは、自然と笑みが消えていた。

その日の夕方のことだった。真弓は残業もなく定時に上がった。

「お疲れ」

「お疲れ様でした」

募集要項に「基本八時間労働で残業はない」とあったが、まさかそれが現実になるとは思っていなかった。

その上、ここの医師には当直もない。代わりに施設の目と鼻の先に職員宿舎があり、何かのときにはそこにいる医師が呼ばれるか、もしくは一般の救急施設を利用することになるらしいが、真弓は都心のアパートから通っているので、緊急の呼び出しリストからも外されている。

これまでの昼夜問わずの激務からは、考えられない待遇だ。

その分、東都や民間の病院に比べて給料は下がるが、大差が出るのは黒河や聖人のような十年選手かそれ以上であって、真弓のように研修明けの新人からしたら、騒ぐほどの差はない。塀内勤務とはいえ、公務員だけあって福利厚生もしっかりしている。今どきの一般企業からは考えられない条件のよさだ。

だが、それにもかかわらず常に人手不足だというのだから、ここには待遇のよさだけでは勤めきれない何かがあるのだろう。愛染からも「三日もてば」と言われただけに、真弓は警戒心ばかりが増していく。無事に初日は終えたものの、しばらくこの緊張は続きそうだ。

真弓は更衣室で着替え終えると、愛染共々篤行寮を出ようとした。

『あれ？　愛染先生って、仕事が終わると眼鏡《めがね》男子？　黒河先生とは、逆なんだな。ってことは、伊達《だて》眼鏡か。なんにしても、カッコいいってずるいな』

すると、背後から悲痛な声が響いてきた。

「待ってください、愛染先生！　診察をお願いします」

振り返ると、年配の刑務官が、苦痛で顔を歪めた佐々木を連れていた。

見るからに、朝とは比べ物にならないほど、ひどい状態になっている。

真弓の顔を見たらよくなったかも――――なんて、笑っていたのが嘘のようだ。

真弓は、佐々木の言葉を鵜《う》呑《の》みにした自分を後悔した。すぐさま彼を診なければと、身を翻す。

しかし、名指しにされた愛染は、真弓の前で刑務官に手を振った。

「悪い。帰宅時間だから救急車呼んで」

まるで、ごく普通の「お疲れ様でした」というノリだった。

「そこを何とか！　この脂汗、尋常じゃないでしょう」

「俺は九時五時、何があっても残業なしが常勤の条件。それに、救急のほうが本当に早いから」

いったい何が起こっているのだろうか？

顔色一つ変えない愛染の対応に、真弓は驚愕した。思わず愛染の腕を摑んで叫んだ。

「ちょっと待ってください、愛染先生。それ、どういう意味ですか。患者がいたら診るのが医師でしょう！」

「時間内で手に負える患者を診るのが、ここでの俺の仕事だ。とにかくあとは救急車！　じゃ、また明日」

――そんな馬鹿な。

あまりの衝撃で、真弓の手から力が抜けた。

「愛染先生！」

愛染は刑務官の懇願に耳を貸すことなく、篤行寮を出ていった。

それは真弓が生まれて初めて見た、非道としか言いようのない光景だった。

今ここで、確かに目の前で起こったことだというのに、信じられずにいる。それほど愛染が真弓に与えた衝撃は計り知れないものがあったのだ。

「俺が診ます」

「お願いします」

その場は真弓が引き受けた。

すでに他の医師も技師も帰宅していた。自分一人でできることは限られていたが、今はそんなことは言っていられない。

真弓は刑務官と共に佐々木を医務室へ運んだ。問診と、激痛を訴えている腹部を触診。そしてエコーのみで診断を下す。

「――虫垂炎《ちゅうすいえん》です。すでに腹膜炎を起こしている可能性もありますが、生憎ここではこれ以上の治療ができません。医療刑務所か救急指定病院に搬送が必要です。俺は受け入れ先を探しますので、そちらは手続きをお願いします」

皮肉なことに、愛染が言ったように佐々木は救急搬送するしかない状態だった。

だが、真弓は土地勘がない上に、こんなときに直接頼める救急担当の医師も近くにはいない。医療刑務所や一一九番に連絡をするのが一番の近道となるのだが、ここで真弓は更に信じがたい現実に遭遇した。

一番確実だと思っていた医療刑務所では、担当外科医が辞めたばかりでオペ対応が不可能。近隣の救急指定病院では、受け入れ拒否が相次ぎ、搬送先が見つからなかったのだ。

「嘘だろう。まだこんな時間じゃないか。夜中であっても、どうしてって思うのに、この時間から受け入れ先がないって――――どういうことだよ？」

救急隊員は、しらみ潰しに受け入れ先を探してくれた。

だが、ことごとく断られるために、せっかく駆けつけてくれた救急車に佐々木を乗せても、動くことさえままならない。真弓は車内でできる限りの治療をするも、行き場が見つからないジレンマから、表情ばかりが険しくなってくる。

それを見ながら、佐々木が苦しそうに呟いた。

「もういいよ……真弓ちゃん。一般人どころか、妊婦がたらい回しされる世の中だ。受刑者に受け入れ先なんか、あるわけないって……」

「馬鹿を言わないでください。ここで諦めたら、死にかねないですよ。たかが盲腸だと思って、なめないでください。とにかく探しますから、大人しくしてて」

「真弓ちゃん」

胸が痛くなるばかりだった。

真弓がいた東都大学医学部付属病院でも、どうにもならずに急患を受け入れられない状況が年に何度かはあった。近くで大きな事故や火災が発生し、すでに大量の患者を受け入れているような状況下のときは、本当にどうにもならないからだ。

しかし、思い出してみれば、こうして受け入れ先が見つからずに、遠方から東都にたどり着く急患は毎日のようにいた。中にはいったん受け入れるも、そこでは処置ができずに転送されてくることもざらだ。そういう意味では、東都はかなり大きな受け皿だ。

真弓はそれが当然のことだと思っていたが、ここでも思い知らされる。

医者やベッド、施設の不足と理由は挙げればきりがない。だが、どんな理由があるにしても、患者の受け入れ拒否は日常的に起こっている。それを拒むことなく、ほとんど受け入れている東都のほうが、実は稀《まれ》な存在なのだ。

それにしたって、一国の首都でこの状態だ。地方に行けば行くほど、医療環境の悪さが浮き彫りになるのは当然のことだ。

「もう――――。聞くしかない」

真弓は、刻々と時間ばかりがすぎる苛立《いらだ》ちが恐怖に変わり始めると、自分の携帯電話を取り出した。

まさか、盲腸で受け入れ先が見つからないとは考えてもみなかった。

都下から港区まで搬送することは頭にもなかったので、今の今まで東都へ連絡しようとは思わなかったが、もう頼れる先はここしかない。

真弓は仮に東都まで運べなくても、どこか紹介してもらえればと考え、救急救命部直通の番号にかけた。

「もしもし。浅香《あさか》先輩ですか？　俺、東京刑務所勤務医の真弓ですが！」

電話に出たのは、二つ上の先輩医師・浅香純《じゅん》だった。

聖人の恋人でもある浅香は、もともと黒河のオペチームの筆頭男性スタッフ。現在は外科の専門医を目指して救急救命部で研修中だが、歯に衣《きぬ》着せぬ言いっぷりが魅力の女王様的存在だ。

学生の頃は見ているだけの先輩だったが、真弓が聖人の指導を受けるようになってから、必然と交流が深まった。

そんな関係から言いやすさもあって、まずは浅香に現状を説明した。一緒に受け入れ先を探してほしいと訴えたのだ。

すると、電話の向こうから「すぐにここへ連れてくるように言え。俺が診る」という声がした。

一瞬にして真弓を安堵させてくれたのは、黒河だった。浅香が驚いたように「帰宅するんじゃなかったんですか？」と返していたが、時間も部署も関係ないのは相変わらずらしい。いったいいつ帰宅しているのかわからないが、こういったときに黒河は必ず現れる。

そして、心から助かった、そう思わせてくれるのだ。

黒河の即決が功を奏して、真弓は佐々木を搬送することができた。

夕方の道路事情もあり、搬送だけで一時間もかかってしまったが、それでも適切な検査と処置を受けさせることができた。

佐々木は真弓が診《み》たとおり、すでに虫垂炎から腹膜炎を起こしていたが、無事に手術まで終えられた。あとは医療刑務所のほうで経過を看てもらい、何かあればまた東都の外科部のほうで対応してもらえることになった。

「ありがとうございました。黒河先生。浅香先生」

時計の針はすでに十時を回っていた。

佐々木を医療刑務所に搬送し、手続きをしてから帰宅となったら零時を回るだろう。

だが、そんなことは苦でもない。真弓にとっては患者が一人助かった。手遅れにならなかっただけでホッとし、心からの笑みも浮かんだ。

「出勤早々、前途多難だな」

「本当。聞きしに勝るって感じみたいだね」

「はい。でも、佐々木さんは来週には出所だったんです。家族に会えるのをすごく楽しみにしていたので……。本当に助かりました。ありがとうございました」

「どういたしまして」

「無理しちゃだめだぞ。聖人も心配してるから」

「はい」

患者がいれば、帰宅を遅らせても全力で治療に当たってくれる黒河。

――俺は九時五時、何があっても残業なしが常勤の条件。

そう言って、当然のように帰った愛染とは、あまりに対照的すぎた。

真弓は、佐々木を医療刑務所に搬送する傍ら、自分は黒河のようにありたいと願った。

それが本当の医師だ。自分が目指し、憧れた和泉に続く道だ。東都が目指す真の医療であり、また医師の道だと信じていたから。


医療刑務所へ佐々木を搬送すれば、直帰できるものだと思っていた真弓が、再び刑務所内の篤行寮に戻ったのは零時すぎのことだった。

報告と上層部数名のハンコが不可欠なのは公民変わらずだが、融通の利かなさはやはりこちらが上だろうか。まさか病院を転々としたあとに「このまま直接報告をしに来てほしい」と言われるとは思わなかった。

それでもここは、医務部に夜勤がないだけで、他科の職員は交代制だ。今も真弓の報告を受けた篤行寮の責任者がいたし、当たり前のように各棟を寝ずに巡回している刑務官たちもいる。

それを思えば、真弓も「もうひと踏ん張りだな」と、自身に喝を入れるしかなかった。

明日も真弓は朝から通常勤務だが、定時で帰らなかったのは自分の意思だ。誰に命令されたわけでもないので、これは仕方がない。

疲れた心身に鞭《むち》を打ち、報告を終えたその足で、窓から差し込む月明かりを頼りに医務室へ向かった。どうせだし、今のうちにカルテの記入もすませてしまおうかと思ったからだ。

しかし、いざ医務室に到着すると、真弓は横開きのドアに手をかけてハッとした。

『あれ、鍵が開いてる。留守中に誰か入ったのかな？　だとしても、ちゃんと閉めていってくれなきゃ困るのに――。それをしてないって、どういうことだ？』

病院ならまだしも、そうでないだけに警戒心が生まれた。医務室とはいえ必要最低限の薬品が置いてある。奥の部屋には、持ち出し不可のものも多い。

真弓は顔をしかめながら、用心深く中へ入った。

すると月明かりだけが頼りの室内、カーテンで仕切られた一角から人の気配を感じた。

ますます不信感を煽《あお》られながら近づくと、思い切ってカーテンを開く。

「誰かいるんですか」

「っ⁉」

「…っ！」

驚いて反応したのは、奥のベッドに腰を下ろし、互いの身体を弄り合っていた男たちだった。

一人はシャツの前を開いてはいたが、刑務官の制服を着ている。そして、もう一人は寝間着姿。

おそらく篤行寮の者だろう受刑者だ。

「な…っ」

薄暗くて顔まではよくわからなかったが、これが逢引《あいびき》だということはすぐにわかった。

真弓は咄嗟《とっさ》に何か叫ぼうとしたが、それは反射的に立ち上がってきた受刑者に阻止された。

いきなり口を塞がれて抱き込まれたときには、視界まで塞がれた。背後から完全に拘束されて身動きが取れなくなる。

『何するんだよっ』

そうでなくとも視界の悪い室内で、突然受刑者から拘束されたのだ。真弓はこの事実だけで、全身が硬直した。

相手は真弓よりはるかに体格がよく、力も強い。拘束を解こうともがくも、かえって息苦しくなってくる。

「外へ出ろ。半時したら迎えに来い。それまでにこいつを懐柔しておく」

もがく真弓の耳元から、受刑者の押し殺すような声が聞こえた。

「そんな」

「バレてまずいのは、俺じゃないだろう」

「――――」

一瞬不服そうな声を漏らすも、刑務官は足早に去った。

カーテンがしっかりと閉じられていったのが音でわかる。

耳にしたわずかな会話だけでも、こいつらは常習かと思わされた。真弓は怒り心頭なんてものではない。が、今はそれどころではなかった。

「さ、邪魔者は追い出した。相手をしてもらおうか」

『信じられねぇっ。人がこんな時間まで仕事してるっていうのに、職場でエッチ！　しかも、塀内の刑務官が受刑者と。ありえないって！』

受刑者は真弓の視界を自由にする代わりに、自分の手も自由にした。その場で立ち尽くす真弓の前身を、背後からまさぐり始めた。

『いやだっ、冗談じゃない！　誰がこんなところで』

必死で暴れるも、男は慣れた手つきで真弓のペニスを探ってきた。いきなり急所を掴まれ、全身がビクリと震える。

男はそれを感じ取って、愛撫に力を入れてくる。先ほど発した言葉どおり、真弓を肉体から懐柔し、貶《おとし》めるつもりなのだろう。

だが、どれほど男が股間を弄り、刺激を送ってきても、真弓自身は反応しなかった。衣類越しとはいえ、背中から感じる男の体温や息吹が生々しすぎて、嫌悪感しか湧かなかったからだ。

『離せ！　離せってば』

そうでなくても、襲ってきたのはどこの誰ともわからない受刑者だ。すでに起こした犯罪のために、ここにいる男だ。

罪を重ねたところで、これ以上行く場所などないのだ。せいぜい懲罰室に送られる程度だが、それを承知でこんなことをしているのであれば、怖いもの知らずは底なしだ。これほど不気味なことはない。

ここで欲情できるマゾヒズムなど、真弓は持ち合わせていなかった。怖いものは怖いという気持ちのほうが完全に勝ってしまい、全身が萎縮《いしゅく》してしまったのだ。

するとそれに気づいた男が手を止めた。

「なんだよ。お前、いつから不感症になったんだ。あれから何かあったのか」

「？」

ふと、声色が変わった。

小声とはいえ、やけに馴《な》れ馴れしい口調で話しかけられて振り返る。

「お前、これ好きだったのに」

『やんっ』

相手の顔を確かめようとしたときに、外耳を噛まれて悲鳴のような喘《あえ》ぎ声が漏れた。

男の手で消されてしまったが、真弓の口から漏れたのは確かに喘ぎ声だ。男の声と愛撫に感じてしまった証《あかし》だ。

『まさか、虎王？』

月明かりさえカーテンで遮られた部屋の奥では、はっきりと顔を見ることができなかった。

だが、獣がじゃれるようなこの愛撫には覚えがあった。たとえ視界が悪くとも、身体がそれを感じ取った。この声、口調、息づかい。間違いない、あの男だと。

「まあ、これは。今も好きみたいだけどな」

『やっぱり虎王なのか』

多少なりにも緊張が解けると、嗅覚も反応し始める。

真弓の五感が次々と、この男は虎王だと教えてくれる。

「ん…、やっ」

男が再びペニスを探ると、今度は反応が起こった。

「――なんだ。そういうことか。どんだけ可愛くできてるんだよ、お前って奴は」

鼓膜をくすぐる嬉しそうな声に、真弓の全身が熱くなった。

「二度惚れしちまったじゃないか。どうしてくれるんだ。智明――」

真弓の恐怖や抵抗が、戸惑いさえ超えて悦《よろこ》びに変わった。

虎王は真弓の口から手をどかすと、代わりに唇で口封じをしてきた。完全にフリーとなった両手を真弓の身体に巻きつけ、きつく抱きしめてきたのだ。

「――んっ」

この瞬間、真弓は時も場合も忘れて、虎王からのキスに応じた。自分からも抱きしめた。

あれから何度夢に見たかわからない。あの日の夜を思い起こしては、何度切ない夜を過ごしたかも、もう数えきれない。つい最近だってそうだ。

真弓は、二度と会えないと思っていた恋人に会えたような感動でいっぱいになり、それを喜ぶ自分を抑えることができなかった。

『虎王っ』

真弓が抵抗しないとわかると、虎王はジーンズの前を開いて、利き手を中へ忍ばせてきた。

「んっ」

直に触れられ、握り込まれて擦られる。ゆるゆるといやらしげに蠢くその手は、真弓に思いがけず新鮮な快感を与えてきた。

やはり自慰とは違う。五年も経てば、覚えていたのはイメージだけで、実感が伴うはずがない。ましてや他人の温もりを、自分の手で補えるかといえば、それはない。

「んんっ」

見る間に起こる快感は、真弓の肢体の隅々にまで駆け巡った。

されるがままに膨らんだ欲望の先からは、先走りが滴り、男の手や指先を潤していく。

「そうそう。感じやすいんだよな、お前って」

次第に強まる快感に、下肢から力が抜けてきた。真弓の身体は、虎王の腕に支えられて、かろうじて立っているに過ぎない。今にも溺《おぼ》れそうな快感に流されるまま、自ら瞼を閉じる。

「…ぁぁ…」

すると、瞼の裏に浮かんだのは、紅蓮の炎の中で静かに横たわる密林の王だった。

今もこの背で眠っているのだろうか？　それとも、もう目覚めている？

『虎王』

彼の背中を確かめることがかなわないまま、真弓は虎王の愛撫に酔った。

絶頂へと昇り始めた。

虎王が爪《つめ》の先で尿道口を弾くと、真弓は限界まで膨らんでいた欲望を一気に弾けさせる。

「ぁ————っ」

悦びから嬌声に表れた。忘れていた特別な絶頂感が、新たに記憶される。

真弓の中でも、眠り続けた欲望が目を覚ましたような感覚だった。

何かを突き抜けて達したような感覚は、悩ましさと愛おしさが混在している。

「もうイった。本当に可愛いもんだな」

再び外耳を甘噛みされて、背筋から腰に甘い痺《しび》れが走った。

下着の中で白濁が陰部に絡みつく不快感さえ、今の真弓にとっては、次の快感を期待させる媚《び》薬《やく》だ。始末に悪い。

「時間がない。ちょっと手荒いが我慢しろよ」

虎王はそう言って前置きすると、真弓の上体をベッドへ倒して、身体を重ねてきた。

いっそう深い、陰部の奥までその手で探り始めた。

「挿《い》れるぞ」

「んっ」

すでに滑った指先とはいえ、いきなり後孔をこじ開けられて、真弓は背筋をのけ反らせた。

腿《もも》から爪先がベッドから浮いた状態で奥まで探られ、その不安定さがいっそう刺激となって、下肢が震えた。

「前といい後ろといい、貞淑だな」

虎王は、自分以外の誰かに抱かれた様子のない真弓に触れるたびに、嬉しそうに言葉を漏らした。

言われたほうが恥ずかしくなってくる。感情が大きく揺れるたびに、虎王の指に絡みついた真弓の肉壁がギュッと締まる。真弓は全身で虎王を感じて、どうしようもならなくなっていく。

「もう、我慢できそうにない」

それは真弓も同じだった。

しかし、この喜びは次の行為へ直結していた。

虎王は指の腹で、真弓の前立腺を探り当てた途端に刺激を送ってきた。男の肉体にのみ存在する快感のスイッチを押されて、真弓は早々に二度目の絶頂へと追いやられてしまう。

「――――っ、あっ！」

触れられてもいないペニスが膨らみ、弾けるまでは、驚くほど短かった。

真弓は無意識のうちに虎王の腕を摑んで、襲い来る快感の波に堪える。

そうして呼吸を整えていると、虎王が半端に下りていたジーンズを下着ごとずらした。完全に臀部がむき出しになった状態で真弓の身体をうつぶせに返す。

『え…』

ベッドから下肢だけがずり落ちた状態で、真弓は臀部を鷲摑《わしづか》みにされて、左右に開かれた。

たった今、指でかき乱されたばかりの後孔が晒され、小さな口を開く。

――――見られている。

そう感じるだけで、入口が震えた。

虎王は自分で「貞淑だ」と言っておきながら、明らかに解《ほぐ》れ足りない真弓の秘所に自身の先端を押し当てる。

「虎…っ！」

せめて前から――――。

そんな要求を口にする間もなく、真弓は一気に虎王自身で貫かれた。欲情を凝縮したかのような虎王のペニスは、焼けた鉄の塊のようだ。

『熱いっ』

五年ぶりの情交は、獣の交尾そのものだった。

しかし、真弓は奥歯を噛み締め、まずは最初に感じる圧迫に慣れるのを待った。

痛みも圧迫も驚きも、襲ってくるのは最初だけだ。虎王の動きに呼吸が追いつく頃には、すべてが快感に変わる。それは他の誰でもなく、虎王に教えられたことだ。

たった一晩、半日にも満たない初夜だったが、真弓の中には愉悦に浸った記憶だけが残っている。行為そのものに嫌な記憶や、辛《つら》い記憶はまるでない。

そんなふうに愛してくれたのは、この男だ。

だから、この場もきっと同じはず。少しだけ耐えれば、あとは悦びと心地よさだけが心身を包んでくれるはずと、自分自身に言い聞かせたのだ。

「――――っ」

それでも真弓は上掛けを掴むしかない自分の両手が切なくて、上体を捩った。

「虎王…っ」

切なげに名を呼んだ。

すると、虎王は真弓の臀部から手を離して、身体を前のめりに倒してきた。

『深い……っ』

奥まで突かれて、悲鳴が上がりそうになる。

だが、代わりに上掛けを掴んでいた両手を両手で包まれた。背中でも彼の温もりが感じられて、いくらか安堵した。

『虎王』

キスをしてほしいと顔を向ければ、自然と唇が寄ってきた。

真弓は、自身の中を自由に行き来する虎王自身や舌先に、身体を震わせて身悶える。

微かに響く淫靡《いんび》な音が、上からも下からも聞こえて、余計に身体が熱くなる。

「そろそろ時間になる。スパートかけるぞ」

虎王は囁《ささや》くと、利き手で頭を抱き込んで口を塞いできた。

今までも声を殺していたつもりだったが、心もとなかったのだろう。そうして真弓の声を完全に封じてしまうと、いっそう深く強く腰を突き上げてきた。

「んんっ！」

その激しさから、思わず悲鳴が上がった。

虎王の手で塞がれている安心感からか、真弓はかえって我慢することなく、声を発することができた。

くぐもった呻き声が、医務室に響く。

「――――んっっっ」

深く、浅く繰り返される抽挿に、真弓の肢体が痙攣し始めた。

虎王が放った飛沫《ひまつ》が体内に注がれ、真弓は三度絶頂の果てへと追いやられる。

『も、無理。だめっ』

口を塞がれた息苦しさも手伝い、真弓は全身をぐったりとさせた。

腰から下の感覚がない。ビリビリと痺れて、力が入らない。

真弓は、肩で息をしながらベッドに顔を伏せた。

「はぁ…っ」

少し息を上げた虎王は、最後の一滴まで真弓の中に注いでから、身体を離した。

寝間着のズボンを整えているのが、気配でわかった。仕切られたカーテンがふわりと揺れた。

「これでお前も共犯だ。上にバラされたくなければ、今夜のことは忘れろよ。何も見なかった、聞かなかった、知らなかったを貫くことが、ここでの賢い生き方だからな」

精も根も尽き果てた真弓に、信じられない言葉が向けられた。

真弓は驚きから身体を捩って、彼を見上げた。

すると、だいぶ目が慣れたのか、ようやく虎王の顔が確認できた。虎王は真弓と目が合うと、クイと口角を上げた。

「じゃあな」

その後はなんのフォローもないまま、カーテンの向こうへ消えていく。

一度は出ていかせた刑務官が迎えに来ていたのか、立ち去る足音は複数だった。

「ちょっと、待……っ！」

真弓は追いかけようとして、体勢を崩した。

そのまま腰が抜けて、床に座り込んでしまった。

それだけならまだしも、中に放たれた白濁が流れ出してきて――。真弓は、全身を襲った不快感も手伝い、地獄の底へ突き落とされたような気持ちになった。

『何…？　これって、さっきの奴のためだったのか？　偶然会った俺への懐かしさからとかじゃなく、先に逃がした刑務官を庇《かば》うため？　好意で抱いたわけじゃなく、ただ口止めに犯したのかよ！』

否応《いやおう》なしに、現実に引き戻された。

意識がはっきりすると、半時とはいえ、自分がそうとう現実離れした世界にいたことがよくわかる。

真弓は、虎王が刑務官に言ったように、すっかり懐柔されていたのだ。

身体どころか、心まで――。

『虎王の奴っ。こんなことで、俺が言いなりになると思ってるのか。何がバラされたくなければだ。今さら俺に、そんな脅しが利くわけないだろう！』

真弓は込み上げてきた悲憤から、思わず床を叩いた。

『そもそも俺は、五年前に違法行為をやってるんだ。バレたら即座に医師免許剥奪《はくだつ》の上に前科一犯だ。これ以上の何があるって言うんだよ。それなのに……』

こんなに悔しいと感じたことは、近年なかった。

顔もわからない、一瞬目にしただけの刑務官の姿がチラつく。

『そもそも〝いい人〟がヤクザになんかならないって、本当だよな。あいつがこんなにヤクザらしいヤクザだったなんて、今の今まで見抜けなかった俺が馬鹿だった』

目頭が熱くなったときには、涙が溢《あふ》れて頬を伝った。

ぽたぽたと床に落ちて止まらない。

『本当に、馬鹿すぎて……胸が痛い。いったいこの五年間、俺はどんな夢を見てきたんだ。あんな、あんなエロいだけの尻軽ヤクザに！』

真弓はしばらくの間、その場に蹲《うずくま》っていた。

自業自得だとわかっていただけに、自分のことながら救いようがなかったのだ。

＊＊＊

極限まで落ち込んだ真弓が開き直りに転じたのは、尻が冷えてくしゃみが出たときだった。

いざ帰ろうとしても、そのまま帰るわけにもいかなかった。身づくろいはおろか、床の掃除や乱れたベッドメイクをせざるを得なくて、奥歯をギリギリと噛み締めた。

しかも、すべてが終わって、さあ帰るぞとなっても深夜の二時すぎだ。これで都下から都心の自宅アパートまで深夜料金を払ってタクシーなのかと思えば、すべての感情が怒りに転じたとしても不思議はない。せめて怒るぐらいしなければ、気持ちの持って行き場もない状態だ。

真弓は、力の抜けた腰を無理矢理立たせて自宅アパートに戻った。

そして、母親の仏壇が置かれた部屋に入ると、帰宅の挨拶もないまま、久しぶりに押し入れを開けた。

「決めた。もう捨ててやる。あんな金、あんな奴の金、明日全部燃えるゴミに出してやる」

ぶつぶつと言いながら、手前に置かれた荷物をどかして、奥から段ボール箱を取り出した。

箱を開くと、漫画雑誌が入っている。

だが、それをすべて取り出すと、箱の底には手つかずの現金が入っていた。

帯つきの一万円札の束がざっと五十個。総額で五千万だ。

「いつか会えたら、返そうと決めていた。これを見たから俺は、このままじゃいけないと思って奮起した。大学側に、どうにか学費を借金できないかって交渉して……。そしたら、それを知った友人たちが募金を募ってくれて。先輩やOBたちまで協力してくれたから、俺はこの金に手をつけずに勉強が続けられた。医師になれた。だから、これは気持ちだけもらったから。ありがとうって言って、全部返そうと思ってたのに――」

金を手にした真弓が、微苦笑を浮かべた。

これは五年前に虎王が消えた翌日、宅配便で届けられたものだった。

送り状の差出人には「同上」と書かれており、真弓が自分で自分あてに出した荷物ということになっていた。

まったく覚えがなかっただけに、もしやと思って中を確認した。

すると箱の中からは、新聞紙に包まれたこれが出てきたのだ。

――五千万？

初めは、虎王はこの金のために撃たれたんじゃないだろうかと思った。せっかく助けたのに、まだなんかやらかそうとか考えて。これは、隠し場所にちょうどいいからと自分に預けてきた。

そういう、命を狙われるほど理由《わけ》ありな金ではなかろうかと思えて手が震えた。

この金を持って警察に届けるか、駆け込むかまで真剣に考えたのだ。

――メモ？

しかし、札束の狭間《はざま》に同梱されていたメモには、たった一言「治療費だ」と書かれていた。

虎王の名前さえ書かれていなかったが、それを見る限りでは、命の代償。彼が恩返しとして送ってきたことがわかった。

――だとしても、こんなの大金すぎるだろう。

それでも真弓は、相手がヤクザなだけに、裏があるのではと詮索《せんさく》し続けた。

これが十万、二十万なら「チンピラが無理しやがって」と思うところだった。

百万でも「こんな金があるなら、初めから病院に運ばせろよ。国保がなくても、どうにかなったのに」とオチをつける。

だが、いくらなんでも、五千万はおかしいだろう。何を基準にしたら、ただのお礼がこんな額になるのかと考えたとき、真弓はふと虎王と交わした会話を思い起こした。

——あ、まさか…あいつ！

それは真弓が虎王を助けると決めて、自宅へ連れ帰った二日目の夜のことだった。

医学生としての知識があり、イメージトレーニングやシミュレーション授業でなら開腹や縫合をしたことがある。実際、豚を使った実践授業にも参加したことがある。とはいえ、真弓が無免許の医学生なのは変わらなかった。

そんな状態で人の身体にメスを向け、腹にめり込んでいた弾を取り出し、縫合をすれば、医療法違反だ。刑事事件として起訴されれば、傷害罪や殺人未遂にも取られかねない内容だ。

資格がない限り、どんなに人助けだと言ったところで、情状酌量はされても犯罪は犯罪だ。

真弓自身が客観的に判断しても、これは許されてはいけない行為なのだ。

なにせここは東京だ。密林のジャングルでもなければ、砂漠のど真ん中でもない。

電話一本で救急隊員が駆けつける。虎王に正規の治療を受けさせることが可能なのだから、「本人が嫌がった」では、言い訳にもならないと自覚していたのだ。

しかも、手持ちの道具や教材だけで行った治療だけに、真弓は麻酔なしで手術をせざるを得なかった。

場合によっては、ショック死させていた可能性も否めない。

呻き声一つ漏らさずに耐えたのは、虎王だったからだろう。これが他の者なら——そう考えただけで、真弓は術後に背筋が凍った。

手術を無事に終えても、その夜は一睡もできなかった。

化膿《かのう》止めの点滴一つ打てない状況だけに合併症の恐れもあったし、眠りに就いた虎王が本当に目を覚ましてくれるのかが心配で、真弓はこれ以上ない緊張の中で一日を過ごしたのだ。

──そういえば、こいつの携帯！

そんなときだった。真弓は、虎王が手にして倒れていた携帯電話の存在を思い起こして、調べてみた。

あの雨の中で握り締めていたものだけに、駄目でもともとだった。

だが、それは二つ折りだった上、彼の大きな手中にあったためか、開くと画面が表示された。バイブレーター機能をオフにし、マナーモードになっていたので、鳴ってもわからなかったのだろう。着信ありの表示もあった。

この番号に電話をかけ直せば、虎王がここにいることを教えられる。が、表示されたのは番号だけで、相手の名前も彼との関係もわからない。仮にわかったとしても、彼がどんな関係の人物に撃たれたのかはっきりしない限り、うかつに連絡を取るのはかえって命取りだ。生きていると知らせて、また襲われでもしたら、真弓にはどうすることもできない。

ならば、撃たれたあとに、虎王のほうからかけた相手はいないのかと、リダイヤル記録を見た。それらしい時刻にはかけた様子がない。では、メールは？

──今日までありがとう。

これは誰あてだ？

虎王が最期を覚悟し、送っただろうメールには、感謝の一文が書かれているだけだった。

送信ＢＯＸを見ても、残っているのはこれだけで、アドレスを見ても相手が男か女かもわからない。名前や誕生日が連想できるものは入っておらず、ただ無造作に英数字が並んでいるだけとしか思えない。

用心深さが窺えた。おそらく互いに普段から気をつけているのかもしれないが、それならと真弓は受信ＢＯＸを開いてみた。

何もない。が、これに関しては手動受信設定のためのようだ。

このままサーバーに問い合わせれば、このメールの返事が届くかもしれない。こんな意味深なメールが届いたら、大概の人間は変に思って、連絡を取ろうとするはずだ。

真弓は思い切ってサーバーに問い合わせた。

——あ！　消えた。

まるで他人に見られるのを拒むかのように、携帯電話の画面が消えた。

充電切れなのか、何かが原因でフリーズしたのか、真弓にはわからない。携帯電話の機種も自分のものとは違うので、すぐには充電もできなかった。

真弓は、唯一の頼りどころを失《な》くしたような気持ちになった。

それだけに、それから数時間後に虎王が目を覚ますと、真弓は心から神に感謝した。

この先は、〝彼自身の判断〟が真弓を支え、誘導してくれる。一人で考え、行動せずにすむだけで、真弓は極度な緊張からようやく解放されたのだ。

「これでお前も立派な犯罪者だな」

「は？」

それなのに、目覚めた虎王が開口一番に発したのが、このセリフだった。それも憎々しいほど男前な笑顔でだ。

「こういう手術って違法だろう」

「――――!!」

自分の勝手で助けたのだから、感謝しろと言うつもりはない。

だが、だからといって、これはないだろうと真弓はその場で切れた。感情的になって、それまで胸にたまっていた言葉を、ここぞとばかりに吐き捨てたのだ。

「いいんだよ。どうせもう医大も辞めるんだから、このまま逮捕されたって」

「どういう意味だ？」

「先月、母さんが死んで、学費が払えなくなったんだ。俺が医者になりたいって言ったから。俺の夢を叶《かな》えさせるためだけに人生をかけて、働くだけ働いて。結局は過労がもとだよ。風邪から肺炎を患って。できる限りの治療はしたのに、本人に回復できる体力が残ってなかったんだ」

このときばかりは、心底から「もう、どうにでもなれ」と叫んでいた。

「けど、そこまで身体が弱っていたのに、気づいてもやれない息子なんて、そもそも医者になる資格なんてないだろう。それでも、息を引き取る間際まで、俺の白衣姿が楽しみだって。絶対に似合うよって笑ってたから、どうにかしようと思って抜け道を探してきた」

いっそこのまま自首してやればいいのかと、頭によぎった。

「一番手っ取り早いのは、大学内にある学費免除に生活費補助までついた特待制度だ。それを入学前から目指して全力で頑張ってきたけど、全然届かなかった。俺程度のレベルじゃ、学費の半額免除を取るのがやっとだった。だから、水商売も考えた。でも、そんなことをしてたら今より確実に成績が落ちて、半額免除さえなくなっちゃうんだ。場合によったら、進級そのものも危なくなって、これじゃ本末転倒だろう」

すでに真弓は、母親が倒れたときから精神的に追い詰められていた。

しかも、母子家庭だったとはいえ、たった一人きりで、たった一人の肉親を見送ることになったのだ。ここまで正気でいられたことが、不思議でならない。

ある意味、母親が倒れて亡くなってから火葬までの流れが早すぎて、おかしくなる暇さえなかった。目の前に積まれていく手続きが多すぎて、それを真面目にこなしていたら、現実を見るまでの時間が少しだけ長引いたのかもしれない。

ただ、ようやく自分のこれからを見始めたとき、真弓の前に現れたのは、お金の問題だった。

母親が何かのときのためにと入っていた保険や貯金の額では、今のまま大学に通えるのは半年にも満たなかった。

それなのに、卒業までにはあと二年近くあった。その後の前期研修も二年だ。この間は、本来なら無収入と考えて勉強に専念する時期だ。

それを働くとなったら、その分の勉強がままならない。そうでなくても、一年で二年分進むと言われる東都だ。一度遅れたら、そう簡単には取り戻せない。

真弓は途方に暮れた。進退も悩んだ。

土砂降りの雨の中、これまで足を向けたことさえなかった繁華街に出向いたのは、自分に勤められる先があるだろうかと思ったから。せめて、一年休学してお金を貯《た》めることに専念したら、どうにかなるだろうかと淡い期待も抱いたからだ。

しかし、そこで真弓は手負いの虎王と出会った。

自分が一生背負うことになるリスク、十字架を背負う覚悟を持って、彼を救うことに全力を尽くした。

「結局、退学するしかないんだよ。ここで犯罪者になろうが、そうでなかろうが、関係ないってことだ。まぁ、それでもこれまでやってきたことが無駄じゃなかったっていうのは、あんたがこうして証明してくれた。これで十分だ。それだけ嫌味が言えたら、合併症の心配もなさそうだし。抜糸がすむまでここで大人しくしてくれれば、俺の最初で最後の患者は無事退院だよ」

弾みとはいえ、虎王に心情をぶちまけたら、何もかもがスッキリした。

そう――――真弓が今後の道を変えるのは、虎王のこととは無関係だった。

どの道、八方塞がりだったのだ。それを認めたくなくて悩みはしたが、虎王に出会ったおかげですべてが吹っ切れた。かえって、よかったのかもしれないと笑うことさえできた。

すると、そんな真弓に虎王は真顔で言ってきた。

「なるほどね。なら、実際お前が独り立ちするまで、いくらあればいいんだ。俺が治療費として払ってやるから言ってみろ」

真弓はこの言葉が聞けただけで嬉しくなった。

少なくとも、虎王は自分が生き延びたことに、悪い感情は持っていなかった。どうして放っておいてくれなかったんだと、食ってかかってもこない。

これだけでも、真弓は満足だった。その上、身の上まで心配してくれたと思えば、心から助けてよかったと安堵できた。

「馬鹿言うなって。たかが学費と思ってなめんなよ。医学部は、偏差値も高いが学費も高いんだ。それこそ下手《へた》な私立へ行ったら、家が建つほどの投資が必要だって知らないんだろう。だいたい、命を狙われてこんな目に遭ってるチンピラに、何ができるんだよ。それに、あんたはどこまで俺をブラックにするつもりだ。違法行為の上にヤクザの闇金《やみきん》使って医者になれってか。ふざけんな」

それからというもの、二人の時間は瞬く間に間にすぎていった。

「ヤクザの金が、全部闇金って決めつけるのは失礼だろう」

「なら言葉を言い変える。同じ金なのに、ヤクザが使うから闇金扱いになっちまうんだ。使われる金も可哀想だよな」

「それでも、金は金だ。今にも飢え死にしそうな奴なら、出どころなんて気にしない。摑み取って、飯を買う」

「生憎、今はもう、そんな気力がない。そこまでして、医者になりたいとは思えなくなった。別に、それが人生のすべてでもないだろう。他にだって、生き方はあるはずだ」

勉強一筋だった医学生の真弓と、勉強なんて縁もなかったようにしか見えない極道・虎王との、お医者さんごっこを兼ねた密接な生活は、ままごとにも似ていた。

「なら、この先は俺が囲ってやるか。大学辞めたらニートだろう？　一生俺の腹の専属医師にしてやるよ」

「同じことを言わせるな。組に身の置き場もないチンピラの愛人をやるぐらいなら、今あるブランドを駆使して、金持ちのパトロンを見つけるよ。これでもモテないほうじゃないからな」

「パトロンって…。お前も、根はブラックじゃないか」

「ここまで人生転落したら、いやでもこうなるさ。俺は聖人君子じゃない」

なんでもない、どうでもいいような会話を交わす毎日だった。

だが、それだけに真弓は、これまで誰にも晒したことのないような自分を、虎王には晒している気がした。もしかしたら、虎王もそうだったのかもしれない。

お互い、まるで違う生き物だから、今だけは寄り添える。難破船に乗り合わせた遭難者のように、互いの存在を心の支えにできたのかもしれない。

それだけに、真弓は虎王に頼まれて、携帯電話の充電器を購入しに行くと、急に不安になった。充電と同時に回復した携帯電話の存在が常に気になり、自然と目で追ったり、また逸《そ》らしたりを繰り返した。

「俺には聖母に見えるけどな」

「死にかけてた証拠だよ。拾った命だ。今後は大事にしてくれ」

「そうだな。死んだら、こういうこともできなくなるからな」

虎王の態度は一貫していて、常に変わることがなかった。

話の傍ら、さりげなく真弓の手を取り引き寄せると、その甲にキスもしてきた。

「――」

二日目の夜にして、これだった。三日目、四日目と時間が経つにつれて、虎王の誘惑が激しく、そして色濃くなっていったことは言うまでもない。

むしろ真弓は、こんな彼の行為に徐々に慣らされていったと思う。

「無駄話はいい。消毒するから腹を出せ。下の世話は今日までだからな。明日からはリハビリ代わりに、自力でトイレに行けよ」

「はい、はい」

そうして迎えた六日目の夜――。

抜糸のあと、真弓は虎王からの誘いを受け入れ、身を委ねた。

「抵抗しないのか」

「傷が開いたら、困るだろう」

この男とは、これきりかもしれない。日々強くなっていった予感は、真弓に悔いのない選択をさせた。

虎王は真弓と濃密な一夜を明かしたのちに、七日目の朝には出ていった。

ただ、あのとき真弓が学費に対して「家が建つほど」と例えたせいで、虎王は五千万という金額を想定して送ってきたのだろう。

確かに、これだけあれば家が建つ。都心から離れれば、土地つきで家が買える。

だが、いくらなんでも多すぎだった。ちょっと相場を調べれば、もう少し妥当な金額がわかるはずなのに、こういうところはどんぶり勘定だ。やはり、ヤクザだ。いきなりこんな大金を送られてきたほうの立場や気持ちなど考えもしない。誰が手放しで喜ぶものか。生きた心地もしない。

しかも、それは五年経った今も変わらない。何をやらかしたのか、塀内に放り込まれてまで刑務官を誑《たら》し込むような極道だ。それも、深夜の医務室に忍び込んで、堂々と！

真弓は、あまりの腹立たしさから、明日を待たずにこの場で五千万を燃やしてやろうかと思った。いくつもの札束を無造作に握り締めると、堪えきれない感情から、次々と壁に叩きつけて憂さを晴らした。

「ちくしょう！　あのエロ極道っ」

この五年間、一つとして外されたことのなかった札束の帯が、ここへきて次々と破れた。

六畳の和室に札が舞った。まるで映画のワンシーンのようだ。

「ちくしょう…っ」

すべての札帯が切れても、真弓の気持ちは晴れなかった。

この止めどなく湧き起こってくる憤りが嫉妬だと自覚できることが、真弓には一番悔しかった。

4

三日もてばと言われた矢先に、二日目から欠勤や遅刻はできない。真弓は寝ずに出勤した。

しかし、徹夜になった理由は、帰宅が遅かったからではない。虎王の言動に憤慨しすぎて興奮し、収まりがつかなくなった感情のまま、気になり始めたことがあったからだ。

「そういえば、あいつは何をして刑務所に入ったんだ。せっかく俺が助けてやったのに」

何気なく、パソコンで検索をかけた。

まさかヒットするとは思っていなかったので、この時点で驚愕した。

真弓は虎王の「虎王」という苗字《みようじ》か名前と、関東圏の「ヤクザ」ということしか知らなかった。

そこに「刑事事件」のキーワードを足しただけで、まさかこれかと思うような事件記事が見つかるとは考えなかったのだ。

そして、真弓が目にした事件の内容がこうだ。

関東連合四神会《ししんかい》系虎王組。ここは数年前から内部抗争を起こしていた組で、事件当時は前組長の息子で若頭《わかがしら》の虎王翼《たすく》と、現組長・柿崎由紀夫《かきざきゆきお》という男が対立状態にあった。

特に、虎王は柿崎からの執拗《しつよう》な阻害を受けており、これまでに幾度か襲撃されている。

事件当夜もそうだった。虎王は柿崎から「ピンでの話し合いがしたい」と呼び出しを受けて出向いたが、話がこじれて争いになった。

銃を出したのは柿崎だったが、揉み合ううちに発砲。結果的に虎王が柿崎を撃って、死亡させてしまった。

その後、虎王は自首しており、事件は即日解決している。

もともと目立っていたわけでもなければ、特別大きいわけでもない組織の内部抗争。しかも、過失致死事件だけに、報道もこれといって騒ぐことはなかったようだ。

このニュース記事にしても、ネットの検索だから引っかかったのであり、そうでなければ見逃してしまうほどの小さなものだった。

真弓自身にも、あの当時にこんな事件を見たり聞いたりした記憶はまったくない。

そうでなければ「虎王」という珍しい苗字だ。ちょっとでも見るか聞くかすれば、慌てて調べるだろうが、そういったことをまったくしていないのだから、本当に表立った扱いはされていなかったのだろう。

ただ、特に経緯を疑う余地のないこの記事に、真弓はどうしても引っかかることがあった。

虎王がこの柿崎という組長から、襲撃を受けていたのはわかる。きっと彼が撃たれて倒れていたのも、そういう経緯だったのかもしれない。

もしかしたら、病院に行きたがらなかった理由も、内部抗争を表沙汰にしたくなかった。場合によっては、虎王は自分が撃たれながらも組のため、長《おさ》である柿崎を警察には引き渡したくなくて、あえて沈黙に徹した可能性も否めない。

そこは、撃たれた虎王にしかわからない。記事には内部抗争としか書いていないし、真相を知るのは当事者だけだ。

だが、事件発生の時間だけは別だった。記事には、五年前の六月二十六日の深夜から二十七日の早朝とあった。これがもし虎王と柿崎が対面し、争いから発砲に繋がった時間を指しているのだとしたら、あり得ないことなのだ。

なぜなら虎王はそのとき、真弓の部屋にいた。それも真弓を抱いていたのだ。

真弓にしても、この日付や日時だけは間違えようがない。

そうでなくても、あの時期は母親の入院から葬儀までが目まぐるしくて、その分やたらに毎日何をしなきゃいけないとメモを取っていた。普段よりも克明に記録も記憶も残っている。虎王のカルテだって、自作していた。

仮に、それらに記載ミスがあったとしても、五千万円の入った箱に貼りつけたままにしてあった宅配便の伝票だけは間違っていないだろう。

受付・発送日は五年前の六月二十七日、そして着日は二十八日になっていた。

札束を包んであった新聞紙も、よく見れば発送当日のものだ。

これを発送したのが、虎王であっても代理人であっても、虎王が発送日の朝まで真弓の部屋にいたことを裏づけるものだ。

眠りに落ちかけていたとはいえ、真弓が虎王の背中を見たのは夜明けだった。すでに朝日で部屋が明るくなり始めていたのだから。

――どういうことだ？

当然、真弓の頭に疑問が起こった。これは、事件の発生時刻の記載に誤りがあるか、それとも虎王が誰かを庇ったものなのか。

まさか、脅迫されて身代わり出頭？　考えたらきりがない。

――虎王に何があったんだろう。

いずれにしても、虎王は自首した上に、誰もが過失致死を疑わなかった経緯があったことから、求刑八年、実刑五年を受けて東京刑務所にいる。

殺意のある殺人罪に比べたら、これはかなり軽いほうだ。

さすがに、ヤクザという肩書や目撃者がないことから、正当防衛や無罪を主張するのは厳しかったのだろうが、それでも人一人の命を奪ったと考えれば、五年の刑期は短い。

しかし、これが事実無根だった場合は、どうだろうか？

虎王は真弓の部屋から出ていったあの日から、五年もの間、自由を拘束されているのだ。決して短いとは言えないだろう。

真弓の怒りは、次第に戸惑いと困惑に変わった。

もっと詳しく知りたい。事件の真相が知りたいという気持ちばかりが強まり、ネットであれこれ調べ続けるうちに朝を迎えてしまったのだ。

とはいえ、いざ医務室に出勤すると昨夜の出来事が生々しく思い出されて、腹が立ってきた。嫉妬という憤りが湧き起こる。

どんなに真弓が心配したところで、虎王はここで刑務官と――そう考えたら、事件の真相への疑問さえ霞《かす》んできた。

「おはようございます」

「よう。昨夜は大変だったらしいな。だから、すぐに救急車を呼べって言っただろう。どうせここでできることなんか、たかが知れてるんだ。本当にやばそうな奴は、とっとと他院に送るに限る。それが患者のためだ」

機嫌が悪いところへ持ってきて、愛染からの追い打ちだ。真弓の目つきは、悪くなる一方だ。

本人のビジュアルがビジュアルなので、どんなに険悪な顔をしたところで、ちょっと拗《す》ねているようにしか思われない。それは得なことだが、逆を言えば、本気で怒っても表情だけでは理解してもらえないということだ。

「そうですね」

真弓は気のない返事をすると、自分に与えられたデスクへ向かった。

――だったら初めからそう言えよ。これは俺の見立《みた》てだ。救急車を呼べって！

本当は喉《のど》まで込み上げたが、グッと我慢した。

患者のためだと言われて、あれでも一応診断のうちだったのかとわかったこともあったが、一番の理由は愛染に確認したいことがあったからだ。

「そういえば、愛染先生。この部屋の鍵って、誰でも持ち出せるんですか」

「基本的には医務部の職員室か、篤行寮の職員室に行けば手に入る。どうした？　何かあったのか」

「いえ。昨夜みたいなことがあると、いろんな人が出入りせざるを得ないかなって。ただ、扱いの難しい薬品も置いてあるので、ちょっと心配になって」

取ってつけたような会話をするのは、苦手ではなかった。

「それなら、部屋の鍵の持ち出し時には記帳することになっている。薬品棚の鍵に関しては、俺か医務部長の許可なしでは持ち出せないから大丈夫だろう」

「そうですか。なら、安心ですね」

真弓は笑って話を終わらせた。

記帳を確認すれば、昨夜の刑務官の正体が突き止められる。これだけわかれば十分だった。

真弓は改めてパソコン画面に視線を向けた。

「真弓先生、昨夜は夜中まで大変だったんですって?」

「はい?」

「なら、もう、やめてくださいね。先生がそういう対応をすると、医務部の全員がそういう対応をすると思われかねませんから」

ずいぶん爽《さわ》やかに声をかけられた気がしたのに、振り向きざまに食らった嫌味は愛染以上だった。

相手は真弓と同じぐらいの身長で小太りの男性だった。年も三十そこそこだろうか。ちょうど窓から差し込む朝日のために、かけた眼鏡のレンズが光って表情が読み取れない。それだけに、印象の悪さはこの上ない。

真弓は思わず、眉間に皺を寄せてしまった。

「え？」

「だから、ここは東都じゃないんです。ここにはここのルールがあるんです。基本は愛染先生を見ればわかるでしょう。決められた時間外の仕事は一切なしですから」

「そんなっ。病人相手に無茶言わないでくださいよ」

「無茶も何も、二十四時間対応にしたら、ここでは誰ももたないんですよ。そうでなくても、塀内ってだけでストレスのかかり方が違うんです。言い方は悪いですけど、一日でも長く勤めるために決めた、暗黙のルールみたいなものです。下手な正義感で、勝手な行動は取らないでください。迷惑です」

男は一つ言ったら、十にして返してくるタイプだった。

これには真弓も口を噤《つぐ》んだ。

「それがわからないなら、古巣に戻っていただいても構いません。むしろ、ここを引っ掻《か》き回す前に辞めてください。じゃあ、言いたいことはこれだけなので」

「――――」

あまりに面と向かって、しかもはっきりと「辞めてくれ」と言われて茫然《ぼうぜん》とした。

真弓が目をぱちぱちさせると、男はプイと顔を背けて医務室を出ていった。

それを見ていた愛染が、淹《い》れたてのコーヒーが入ったマグカップを手に近づいてくる。

「昨日は有休でいなかったから紹介できなかったが、太田《おおた》はここで唯一の放射線技師だ。こう言えば、わかるだろう」

今の彼が部屋を出ていったのは、持ち場が違ったからだった。

しかも、たった一人しかいない放射線技師では、仮に交代勤務があったとしても、交代相手がいない。だから、交代勤務がない。これはとても正論だ。

ましてや一人で二十四時間対応など、できるはずもない。

真弓は何か引っかかりを覚えながらも、この場は「はい」と答えるしかなかった。

たった一人きりの技師に倒れられるのも、辞められるのも、本意ではない。それは愛染も自分も同意見だ。

「まぁ、まだ二日目だ。今日も一日頑張れよ」

愛染が真弓にコーヒーを差し向けながら笑ってきた。

しかし、それを受け取ろうと手を出した真弓に更に笑って「自分で淹れろ」と背を向けた。


二日目の朝にして、真弓は唇を尖《とが》らせていた。

一生懸命が否定される。これまでだったら褒められていたことが、ここでは怒られて迷惑がられる。理不尽なんてものではない。これだけでも、なぜ和泉たちがあれほど真弓を止めたか納得ができた。

だからといって、相手が悪いわけではない。

単純に、真弓が育った職場とは環境が違うだけだ。

それも、やむを得ない事情が背景にあってのことで、すべてが人手不足から発している問題だ。塀内だというだけで、人が集まらない。せっかく集った者がいても、限られた人数では、必要最低限の仕事しかできない。

それでも、その必要最低限を維持していくためには、環境に応じたルールが必要だ。

ただ、それだけのことなのだ。

もちろん、だからといってこのフリーダムな状況は、真弓もどうかと思った。

医務部としては、最低限の人数が出勤しているのだろうが、医務室そのものには人がいない。保健室の延長とはよく言ったもので、ここにはとりあえず内科医がいればいいという考えなのか、常にいるのは愛染と真弓だけだ。何かあれば、職員室から出てくる医師や看護師はいるが、長居しているところは見たことがない。

それにもかかわらず、昼時になったら愛染はとっととランチタイムに出かけてしまう。

真弓にも、「行きたかったら、ピッチ《PHS》を持って行っていいぞ」と笑っていたが、その間に急患が来たらと思うと、部屋を離れることができない。まだ施設内そのものに詳しくないのに、下手をしたら迷子になるだけだ。

しかも、患者は愛染の留守中にやってきた。

「すみません。ちょっといいですか」

「はい！　どうぞ」

入口で声をかけてきたのは、年配で腰の低そうな刑務官だった。一緒にいるのは虎王だ。

薄暗い部屋の中で、五感を頼りに確認したのとは、やはり違う。窓から差し込む日差しの中で、何物にも遮られることなく目にした彼の姿は、そうでなくとも落ち着くことのない真弓の心を騒がせた。五年前より精悍さが増し、いっそう男らしさに磨きがかかっている。あんな仕打ちを受けたにもかかわらず、こうして会ってしまうと恋しさや愛おしさばかりが湧き起こる。

――――だめだ！

真弓は奥歯をグッと噛んだ。どうにか冷静さを保とうとする。

「昨夜は佐々木にいろいろとありがとうございました。それで、今日はこいつなんですが、腹の古傷が疼いて、朝から調子が悪いそうなんです。診てもらえますかね。じきに出所なんで、できるだけ健康な状態で出してやりたいんですよ」

腹の古傷と言われただけで、真弓には虎王からの合図だとわかった。なんの用があるのかはわからないが、とにかく俺を中へ入れろ、話をさせろという意味だろう。

「はい……。わかりました。あ、特に問題がなければ、こちらの方だけでいいですよ。終わり次第、部屋なり作業所なりに戻しますので」

真弓は仕方なく、わざと腹を押さえてやってきた虎王だけを中へ入れた。

「じゃ、よろしくお願いします。おい、虎王。あと少しだ。間違っても騒ぎは起こすなよ」

「はい」

明らかに仮病とわかっているだけに、真弓の胸がズキズキと痛んだ。まるで息子でも見るような目で虎王に声をかけた刑務官に、この場で土下座をしたくなってきた。

医師が仮病の片棒を担ぐなんて――――また罪が一つ増えた気がする。

しかし、こうやって親身になっている職員を目の当たりにすると、心が洗われた。ここでは普段以上に人の優しさが身に染みる。

部屋の扉を閉めて二人きりになると、真弓は虎王にぼやいた。

「あんないい刑務官さんもいるのに、お前って最低」

「わざわざ心配して、会いに来たんだぞ。そういう口の利き方はないだろう」

虎王は入口から真っ直ぐにカーテンの向こうへ、ベッドへ向かって歩く。

「ヤクザに心配される謂《いわ》れはない」

真弓はあとをついていったが、虎王に近づくことはしなかった。

虎王がカーテン付近のベッドに腰をかけるも、二メートルは距離を置くぞという構えだ。そうでなければ、おちおち話もできない。

「可愛い顔して、憎らしい口を利くなよ。それより、お前。なんでこんなところに来たんだ？今になって、前科一犯がバレたのか？　ここに送られてきたのは、懲罰の一種か」

「そんなはずないだろう」

真弓は虎王が腰かけたベッド、昨夜自分が犯されたそれから目を逸らした。

「なら、なんだよ」

「説明する義務はない」

虎王が自分を心配してくれたことは嬉しい。

だが、偶然とはいえ昨夜ここで鉢合わせなければ、虎王はあの刑務官とよろしくやってたんだよなと思うと、やはり腹が立って仕方がないのだ。

今朝は、もしも虎王と話す機会が得られたら、真っ先に事件のことを聞こうと決めていた。それなのに、いざ本人を目の前にしたら疑問よりも嫉妬が勝ってしまったのだから、どうしようもない。

すると、虎王が言った。

「多額の医療費払ってやっただろう。患者のふりした足長おじさんに、説明ぐらいしろよ」

やはりあの金は、虎王から送られたものだった。

目的は真弓の学費であり、夢を叶えるためだ。

どんなに虎王が尻軽だろうが、エロかろうが、あの金だけは本人が言っているように、心からの援助だ。それも、真弓がこうして白衣を纏えたことで、自分も満足してしまう。虎王自身の善意を、ただお金という形に変えただけのものなのだ。

それがわかっているのに、真弓は「ありがとう」の一言が出てこなかった。

それどころか、これを言えば虎王が怒る。それも本気で悲憤すると予感しながら、真弓は喧嘩《けんか》腰に言い放つ。

「お生憎様。あの五千万には一円たりとも手なんかつけてないよ。出所したら返すから、お前のほうこそ二度と馬鹿なことはするなよ」

「どういう意味だ。なら、どうしてここにいる。どうやって医者になったんだ」

「言っただろう。チンピラの愛人やるぐらいなら、金持ちのパトロンを見つけるって。これでもモテないほうじゃないって」

「は？　何ふざけたこと言ってるんだ」

「ふざけてなんかいないよ。お前から送られてきた金には手をつけてない。普通に考えたって、ヤクザが送ってきた金なんか、怖くて使えるはずないだろう」

案の定、初めは戸惑うような表情を見せた虎王だったが、それはすぐに悲憤に変わった。きっと虎王は最悪なところまで想像して、あの金を送ってきた。

真弓が夢を諦めるにしても、叶えるにしても、あらゆる未来の形を想像し、何一つ悪いほうへ行ってほしくないから、それをすべて回避できる方法として金を送ってきた。

それを裏切られたと感じたのだろうか。虎王は顔つきを険しくしたまま、真弓のほうへ突進してきた。

「あれはヤクザが送った金じゃない。お前の最初の患者が送った金だ。そんなこと、言わなくたってわかってるだろう。それを……、何言ってるんだ！」

華奢《きゃしゃ》な腕を摑むと、切なげに怒鳴ってくる。

虎王は真弓がパトロンをつくったと信じたのだろうか？

それともこれは、嘘でもそんな馬鹿なことは口にするなと言いたいだけなのだろうか？

真弓はそれが知りたくて、一度は逸らした目を向けた。

「嘘だよ。五千万に手をつけてないのは本当だけど、パトロンは嘘だ。あれから恋人ができて、俺に投資してくれたんだ」

「それも下手な嘘だな」

虎王はふんっと鼻を鳴らした。どうやら嘘でもこんな話は聞きたくない。真弓には口にしてほしくないという意味で怒ったようだ。

真弓の気持ちが、少しだけ和らいだ。

だが、その反動で膨れ上がる思いがあるのも事実だ。

「あんたがこんなところにいても、つくれる恋人だ。自由気ままだった俺に、つくれないはずがないだろう」

「なんだよ、それ。もしかして、やきもちか？」

あまりに真弓が頑《かたく》なな態度を取り続けるものだから、さすがに虎王もピンときたらしい。腸《はらわた》が煮えくり返るような嫉妬だというのに、やきもちなどとずいぶん可愛い言い方をしてきた。

今でさえ、からかわれているようで腹が立つ。真弓は奥歯を噛み締める。

すると、虎王が真弓の顎から耳たぶにかけて撫で上げてきた。

「図星か。馬鹿だな。昨夜のあれを根に持ってるのか。あんなのはストレス解消に、今夜は相互オナニーをしようかってなっただけだ。お互い塀の外にまで持ち出すような感情なんか、何もない。あるのはその場限りの遊び心と欲求だけだ」

大きな掌が後頭部まで滑ると、そのまま虎王の胸に引き寄せられる。真弓の足が一歩前へ出たときには、力ずくでベッドコーナーに引き込まれた。

後ろ手にカーテンまで閉じられる。虎王はいきなり愛染が戻ってきても、多少はごまかせるようにしてから、動じる真弓を抱きしめてきたのだ。

「それに、ここでの後半ひどくしたのは、お前のためだ。あいつが早めに迎えに来て、俺たちの様子を窺っていたから、お前のほうが同情されるように見せたんだ。あーあ、可哀想に。これじゃあ、飛んで火に入る夏の虫だなって」

虎王は、自分の腕の中にすっぽりと納まる真弓の頭や肩を撫でながら、昨夜の行為の説明をしてきた。

その言い方が恩着せがましくて、真弓は余計にキリキリしてくる。これなら浮気の釈明をする世の旦那《だんな》のほうが、どれほど可愛げがあるだろう。どこの世界に「お前のために」と強姦まがいな真似されて喜ぶ人間がいるのだ。

しかも、途中から様子を探られていたのがわかってたなら、行為そのものをやめろよと言いたい。真弓の憤慨は倍々に膨れ上がるばかりだ。

「まぁ、それでも俺はモテない男じゃないからな。行きがかりとはいえ、お前に愉《たの》しみを奪われた。ちくしょうぐらいは思ってるかもしれない。さすがに自分が可愛いから、わざわざお前に絡んで、事を大きくしようとは思わないだろうが——ん」

真弓は力いっぱい両腕を伸ばして、虎王を突き放した。

「言い訳にもならないいな。どう考えたって、こんなところで逢引してた、お前らが悪いに決まってる。俺がお前にレイプされた事実は変わらない」

許すものか、ごまかされるものかと、虎王の不貞を責め立てる。

「なら、どうして上に被害届を出さない。逢引現場に遭遇したら、レイプされましたって。少なくともお前は俺の名前も顔もわかってるんだ。名指しで俺を訴えることができるはずだ」

虎王は真顔で聞いてきた。

今の今まで被害届なんて頭にも浮かばなかった真弓は、自分が通りすがりの被害者じゃないことぐらいわかっていた。

相手が虎王でなければ、むしろ今頃どんなことになっていたのか、想像もつかない。

泣き寝入りする、しない以前に、ショックが大きすぎて、どうにかなっていたかもしれない。

だからこそ、あの瞬間、自分を襲ってきたのが虎王だとわかってホッとした。

襲われているという意識そのものも、生き別れた男との再会に変わった。

ずっと会いたい、恋しいと思っていた男との再会に——。

だが、だからといって、それを面と向かって虎王本人から言われるのが腹立たしい。

「それができないのは、自分の立場を守るためか？　万が一にも過去がばれたら、白衣を脱がなきゃならない。それでか？　そうじゃないだろう。俺を訴えないのは、お前が俺を愛してるからだ。お前の心もこの身体のように、五年前のあのときのままだからだ」

真弓は自信満々で聞いてくる虎王を上目づかいで睨みながら、唇を噛み締めた。

惚れたほうが負けだというのは古来からだろうが、まさにそのとおりだ。

「違うか？　違わないだろう」

こんなヤクザな男に、そもそも惹《ひ》かれた自分が悪いのだ。

当時だって今だって、真弓の周りには惹かれてしかるべきという、見目のよい人格者たちがゴロゴロいる。

それにもかかわらず、どうしてよりによってこいつだったんだと思ったところで、もう遅い。

五年もあったら、気が変わったところでなんら不思議はない。なのに、真弓は気持ちのどこかで待ち続けていた。別に恋人同士だったわけでもない、虎王のことを。

一週間一緒に過ごしただけ――――だが、忘れられなくなったこの男だけを。

「違わないって認めたら、お前も本当のこと教えてくれるのかよ」

真弓は諦めたように、虎王の胸元に両手を当てた。

薄手の作業服のシャツをギュッと摑んだ。

「それって、ここで手を出した男の数か？」

「そんなのもうどうでもいいよ。どうして、お前はこんなところにいるんだよ。なんで、起こしてもいない事件のために自首なんかしたんだよ」

「っ!?」

真弓が事件を持ち出して責めると、虎王の顔から一瞬にして余裕が消えた。

それを見ただけで、真弓は虎王がやはり無実だと直感した。

虎王はこの手で人など殺《あや》めていない。殺意があろうがなかろうが、柿崎を殺《あや》めたのは虎王以外の誰かだ。今この瞬間も、何事もなかったようにして、塀の外で日常生活を送っている。真の殺人犯だ。

「他の誰にわからなくても、俺にはわかる。お前にとって、俺は無実を証明できる生き証人だ。アリバイそのものだ。どんな経緯で、こんなことになってるのかわからない。けど、いきなり消えて、俺をひとりぼっちにして、五年もほったらかしにして。何が足長おじさんだよ！　金だけ送ればいいってもんじゃないだろう」

真弓は、そんなどこの誰ともわからない人間に、憎悪と嫉妬が同じほど湧き起こった。虎王がどういう事情で相手の身代わりになったのかは、わからない。が、それがはっきりしないから、憎悪だけではなく嫉妬まで起こるのだ。

少なくとも五年前、虎王はこの事件のために真弓の前から消えたのかもしれない。身代わりになどならなければ、黙って消えることもなかったかもしれない。

そんなふうに考えてしまうのは、自分の都合だ。勝手だとわかっていても、堰《せき》を切ったように溢れ出してしまうのだ。寂しかった、会いたかった、ただただ切なかったという思いが。

「お前なんか、やり逃げしたヤクザじゃないか。こんな気持ちのまま、こんな気持ちのまま過ごした俺の五年を……返せ」

真弓が摑んだシャツを揺さぶると、虎王がその手を摑んできた。

「それは返してやれねぇな。さすがに五年は取り戻せない」

ギュッと握り締めてきた。

「ただ、代わりにこれからの五年、十年ならお前にやる。一生でも、俺をお前にやる。だから、その話は二度とするな」

それはまるで、真弓を諭すような言い方だった。

「お前は俺の事情を何も知らない。けど、それでいいんだ。お前が知る必要はない。お前だってもう、いい大人なんだ。人に知られたくないことの一つや二つはあるだろう。ヤクザにだって、ヤクザなりの事情があるんだ。これが仁義かとでも思っておけ」

決して脅迫や威嚇ではない。真弓に理解を求めながらの懇願だ。

「なんにしたって、じきに刑期満了だ。俺は娑婆《しゃば》に出られるんだから、いらないことを蒸し返すな。そうでないと、逆に足止めを食らいかねない。出るに出られなくなる。わかったな」

虎王は、今一度真弓の両手をギュッと握ると、子供騙しのようなキスを額《ひたい》にしてきた。

真弓が思わず顔を上げると、今度は唇にしてくる。

だが、それは真弓が虎王を脅して、無理にさせたようにも感じた。

これこそが口封じのように思えた。


その日の午後、真弓の頭の中は真っ白になった。

しばらくは、いろんなことが頭の中に渦巻いたが、考え込むうちに机に伏して、爆睡してしまったのだ。

今朝までの完徹が、今頃になって利いてきたらしい。

「すげぇ、根性だな。見ろよ、太田」

「はい。この規律の厳しい塀内で、ここまで堂々と居眠りする人は初めて見ました。せめて仮病でも使って、ベッドで寝ればいいものを。そういう機転はないんですかね」

「いや、そういう小賢《こざか》しいことは教えないのが東都だ。寝るのもサボるのも自由だが、リスクは自分で負えってな」

「あ、愛染先生っ」

頭の上で愛染たちの話し声がした。

だが、真弓はまったく起きようという気にならなかった。

眠いものは眠いのだ。患者が来て起こされれば別だが、それもなかったので終業時間まで眠り続けて、夕方にはすっかり元気を取り戻していた。

「お疲れ様でした！」

「お疲れさん」

愛染や太田が失笑気味だったことも、今夜は気にならなかった。真弓には、これから行きたいところがあったのだ。

こんなときに定時で上がれる仕事はありがたい。五時に上がれば、そこから着替えて職場を出たとしても、六時には完全に自由だ。下手なサラリーマンより、有意義なアフターを過ごせる。

そうして向かった先は、医療刑務所だった。

入口から中へ入る間、ずっと職員からは変な目で見られた。

やはり、こういう行動そのものが、施設関係では浮いた存在になるのだろうか？

しかし、真弓は昨夜預けた佐々木の様子が気になっていた。どう思われても構わない。佐々木の病室を訪ねた。

「佐々木さん、どうですか？」

電話で確認すればすむことだったが、やはり直に経過が見たかった。

「ま、真弓ちゃん。どうしたんだい、その顔！」

「顔？」

真弓の顔を見ると、佐々木は驚いて指をさしてきた。

「そこに鏡があるから、見てごらんって」

「なんだこれ⁉　あ、まさか愛染先生！」

真弓が室内に設置された洗面所の鏡を覗くと、顔の片側の額から目の下まで、黒マジックで縦線が何本も描かれていた。漫画でいうところの、顔色が悪くなった効果のようだ。

いくら気持ちが散漫になっていたとはいえ、今の今まで気がつかなかったなんて。真弓は自分もどうかしていると思った。

ロッカールームにも鏡はあるし、電車の窓ガラスにだって、何度か姿は映ったはずだ。それなのに――自分のことだけに言葉もない。

しかも、どうりで愛染は寝ていた真弓を起こさなかったはずだ。真弓に睡眠時間を提供する代わりに、こんな形で罰を下していたのだ。これでは、すれ違う誰もが好奇の目で見るのも当たり前だ。ここの職員だって、わざわざ訪ねてきた真弓を煙たがったわけではない。ただ、どうしたんだこいつ？　と思って唖然《あぜん》としていたのだろう。

「誰か一人ぐらい、悪戯《いたずら》されてますよって、教えてくれてもいいじゃないか。こんな縦線、パンクバンドのメイクだってあり得ないってわかるだろう」

真弓はその場で顔を洗わせてもらった。

使われたマジックが水性だったのは、愛染なりの情けだろう。石鹸《せっけん》を使ったら、綺麗に落ちた。ついでに目覚めもスッキリだ。

「真弓ちゃん……っ」

佐々木は痛む腹を抱えて笑いながら、昨夜からのことを思い出したのだろう。真弓に何度も「助けてくれてありがとう」と繰り返しながら、最後は嗚咽《おえつ》を漏らした。

顔色も落ち着いていたし、合併症も起こしていなかった。これなら再び東都に運んで、黒河たちに診てもらう必要はなさそうだ。

それが確かめられて、真弓はホッとした。慌ただしい見舞いになってしまったが、五分ほどの面会をすませたのち、医療刑務所をあとにした。

そうして、その足で向かった先は新宿《しんじゅく》だった。

先に佐々木のところへ行ってよかったと、心から思う。

『ヤクザにだって、ヤクザなりの事情かあるか』

真弓が歌舞伎町《かぶきちょう》を訪れたのは、虎王と出会ったとき以来、五年ぶりのことだった。

おそらく店が替わっていたり、多少は街の彩りも変わっているのだろうが、真弓にはあのときのままの繁華街に見えた。

自分には縁のない賑《にぎ》やかで華やかな印象。常にどこかから罵声《ばせい》や歓声、哭声《こくせい》が入り混じって聞こえてくる、眠らない街だ。

『けどさ、虎王。その事情って、もしかして〝自分にはアリバイがある〟ってことそのものだったんじゃないのか？　もしお前が自首をせずに殺人容疑をかけられた場合、警察に根掘り葉掘り調べられるよな？　そしたら当然、俺とのことも突き止められるだろうし。俺は、お前の無実を証明するためなら、間違いなく全部しゃべる。けど、それをしたら俺が起訴される側になる可能性もあるもんな。医師免許なんか取れなくなるだろうし。多分、世間的なリスクは全部俺が負うことになる。だから――一番捜査が手薄になるように自首して自供したって、そういうことじゃないのか？』

真弓は、今となってはおぼろげな記憶を辿って、最初に虎王と出会った路地裏へ向かった。

ここへは二度と来るつもりがなかったし、実際これまでも消えた虎王を捜そうと動いたことは一度もなかった。

なぜなら、真弓に虎王の居所がわからなくても、虎王のほうは真弓の居所を知っているのだ。

本当に必要になれば来てくれる。会いに戻ってくるだろうという甘い期待もあって、真弓はあえてアパートも引っ越さなかった。

東都大学医学部付属病院に通うには、少し距離があった。格安で通勤に便利な独身寮だってあった。だが、自分が引っ越したら、虎王との唯一の接点が完全になくなってしまう。それで真弓は、母親との思い出もある六畳二間のアパートで、今日まで生活してきたのだ。

「————っ」

考え事をしながら歩いていると、真弓はいきなり肩に肩をぶつけられた。

そうとう強かったのか、身体がビルの壁に向けて飛ばされる。

「痛《いて》ぇな！　どこ見てんだよ」

「ぶつかってきたのはそっちじゃないか」

明らかに、わざとだとわかるものだった。振り向きざまに、つい言い返してしまったが、この場に関しては相手が悪かった。

「なんだと、このガキ」

「痛い目に遭わねぇと、口の利き方もわかんねぇのか？　あ」

相手は見るからにチンピラ風情の男四人組だった。柄シャツにスラックス、開いた胸元には安っぽい金のネックレスがかかっている。

真弓が刺された虎王を見つけたとき、彼はスーツ姿だった。

状況や風格から「ヤクザ」だと思ったが、決してチンピラではなかったのだろう。実際、事件の記事にも、〝前組長の息子で若頭〟とあった。

ようは、真弓が〝こんなところで撃たれてるなんて、下っ端に違いない〟と思い込んだのが間違いだったのだ。虎王が撃たれたのは幹部だからこそで、本当のチンピラは目の前にいる奴らのようなものなのだと、真弓は今理解した。

「ヤクザにも品格ってあったんだな」

だからといって、思ったことをポロッと口にしてしまうのは悪い癖だ。

「なんだと、この野郎！」

「ぶっ殺してやる」

真弓は腕を掴まれると、再び力任せに突き飛ばされた。地面に両手をつくと、右手首と右足首に痛みが走った。

やばい！　と思ったときには、男たちに四方を囲まれ、全身が緊張から固まった。

助けて！　そう叫ぶ間もなく腿と背中を同時に蹴《け》られて、激痛が走った。

「お前ら、そこで何してるんだ。どこの組のもんだ」

地面を這《は》うような罵声が聞こえたのは、そんなときだ。

「やばっ。逃げろ！」

「虎王組の奴らだ」

真弓は一瞬、助かった。警察だ！　と思ったが、それは逆だった。

虎王組と聞いて、息を呑んだ。

真弓にとっての虎王組は、虎王が幹部を務める組ではない。五年前に虎王を襲い、なおかつ塀内へと追いやったことにかかわる憎むべき組だ。

ましてや、内部抗争の末に組長が殺され、若頭は刑務所だ。そうなれば、今の組織は第三の男が仕切っているはずだ。

当時ともまったく違う組織構成になっている可能性も大きいだけに、警戒心はマックスだ。

真弓は肢体の数ヶ所で起こる痛みを堪えながらも、グッと奥歯を噛み締めた。

「君、大丈夫」

「？」

真弓に穏やかな口調で声をかけてきたのは、どこから見てもエリート官僚タイプのスレンダーなイケメンだった。この季節に、三つ揃いのスーツを着込んでなお涼しげで爽やかに見える男性は、そういない。かけられたフレームレス眼鏡が、彼の上品なマスクをいっそう引き立たせている。思わず見入ってしまった。

『あれ、この人もヤクザ？』

彼は、虎王とも今のチンピラたちともあまりに違った。

真弓が知るイケメンたちとも違った。

タイプはいろいろで見ごたえも満載だが、全員に共通するのは、本人から感じるなんらかのホット――――熱だ。

しいてクール系を思い浮かべるなら和泉だが、彼の場合はクールを超えて絶対零度の領域にいる極限の威厳がある。決して目の前にいる男性のような、ほどよい涼しさではない。

彼はニコリと笑って膝を折り、真弓が蹴られて汚れた部分をはたいてくれた。

真弓は逆に戸惑った。

「宝蔵院《ほうぞういん》さん、そんなことあっしらが」

「君たちじゃ、彼を脅かせるだけだよ」

宝蔵院と呼ばれたイケメンの背後には、ドスの利いた罵声を飛ばしただろう男たちが二人いた。

「どうした？　こんなところで。何かあったのか」

「あ、冨士《ふじ》代行」

更に声をかけてきたのは、冨士と呼ばれた五十代半ばぐらいの男性だった。きっちりスーツを着込んではいるが、任侠《にんきょう》映画には必ず出てきそうな、大柄で厳つい顔をした男だ。

声色や口調、態度から見ても、この中では一番偉そうだ。宝蔵院以外は、スッと身を引いた。

だが、そんな冨士が真弓を見るなり、なぜか目を見開いた。

「智明さん」

「へ？」

「いや、なんでもねぇ」

いきなり名前を呼んだかと思うと、背中を向けて逃げようとした。

真弓は立ち上がると同時に、痛む手足さえ無視して、冨士の腕にしがみついた。

「嘘だ！　今、俺の名前を呼んだ。確かに呼んだ。あんた、どうして俺のこと知ってるんだよ。初めて会った俺に対して、おかしいじゃないか」

直感といえば、ただの直感だった。この男は何かを知っている。それも五年前の虎王と自分のことにかかわっている気がして、真弓は冨士を責め立てた。

「あんた、俺のこと誰から聞いたんだ」

わざわざ真弓を「さん」づけで呼んだ。だから、少なくとも敵ではないと感じた。

「……っ」

強気に迫る真弓に対して、冨士の目は明らかに動揺していた。

すると今度は、冨士についてきていた取り巻きたちが、真弓の両腕を掴んできた。

「おい、てめぇ。どういうつもりで、代行に因縁つけてんだよ」

「何考えてんだ。ボコられてぇのかよ」

脅しと共に、真弓を冨士から引きはがした。勢いがあったために、真弓は足を取られて尻もちをつく。

「痛っ」

そうでなくても痛む身体を再び地面に打ちつけ、真弓はその場に蹲った。

「やめないか！」

冨士が「あ」と声を漏らしたときには、宝蔵院が叫んでいた。さすがに一番痛む足を庇った真弓を見て、顔つきを険しくしている。

「手も足も捻挫《ねんざ》してるじゃないか。お前ら、素人さん相手に何してるんだ。こんなこと、翼なら絶対に許さないぞ」

真弓は、宝蔵院が発した虎王の名に全身がビクリとした。

『翼なら？』

一瞬、痛みも何も忘れた。改めて宝蔵院の顔を見ると、真弓の脳裏には虎王が最後に打ったと思われるメールの一文が浮かぶ。

「すいません、宝蔵院さん。けど、俺らそこまで強くやった覚えは…」

「とにかく、すぐに手当てしないと。いいですね、冨士代行」

「あ、ああ」

真弓が食い入るように宝蔵院の横顔を見ていると、いきなり彼が振り返った。

「ごめんね。さ、すぐに手当てしてあげるから」

「ひゃっ！」

とても申し訳なさそうな彼に、かえって恐縮するも真弓は一際焦った声を上げた。

いきなり宝蔵院に抱き上げられて、近くの雑居ビルまで運ばれたからだった。

5

抵抗する間もなく、真弓が連れていかれたのは、雑居ビル内にあるキャバクラだった。

中は百席程度で、どこを見渡しても煌《きら》びやかな造りだ。

髪を盛った若くて美しい女性がたくさん働いていて、活気に溢れている。真弓がテレビで観たり、そこからイメージしていた店より、いやらしい感じがしなかった。客層もサラリーマンが中心で、店内の壁には堂々と価格表示がされている。明瞭《めいりょう》会計が売りの店のようだ。

「冨士代行。どうされたんですか」

「ちょっと奥を。怪我人がいるんだ」

「わかりました。こちらの部屋を。今、救急箱を持ってきます」

「ああ。頼む」

ここが虎王組の持ち店らしいことはすぐにわかった。

案内されたのは十席程度のＶＩＰルームで完全な個室。真弓はそこへ運ばれると、宝蔵院から手当てを受けた。

――――俺、医者なのに。

今さら言い出せない恥ずかしさだった。

「さ、いいよ。何か聞きたいことがあるなら、聞いたら。冨士代行も、二人きりなら話せるんじゃないですか？」

真弓の手当てを終えると、宝蔵院だけが立ち上がった。

あの場で何かを感じ取ったのは、彼も同じようだ。「私は、これで」と笑うと、真弓と冨士だけを二人きりにして、場をもたせてくれようとした。

しかし、真弓は慌てて手を伸ばした。

「ちょ、待って。置いてかないで！」

「いや、一緒にいてください。宝蔵院さん」

気を利かせたつもりの宝蔵院を引き留めたのは、真弓だけではなく冨士もだった。

宝蔵院は立ち止まると、部屋を出ずに席へ戻ってくる。

すると、冨士が大きく深呼吸をした。何か、意を決したようなまなざしで、真弓と宝蔵院の両方を見てから、話を切り出した。

「この方が、あのとき翼さんの命を救ってくれた恩人です。お医者さんです」

「彼が？」

宝蔵院は声を上げて驚いた。

それに反して、真弓は声も出なかった。じっと冨士の顔を見入ってしまう。

「はい。五年前、柿崎の一派に襲われたまま、行方知れずになった翼さんを匿《かくま》って、診てくださった先生です。そして、智明さん。本当に、先ほどはうちのもんが無茶してすいませんでした。あっしはあのとき、智明さんに治療費を送ったもんです。こう言えば、わかりますかね」

厳つい顔を照れくさそうにして笑われ、真弓は目を見開いた。

「じゃ、あの宅配便の」

「ええ。あれは翼さんが、このままだと自分を救ってくれた恩人が大学を辞めることになる。それは、絶対にさせたくない。自分の意思なら仕方がないが、金のために将来の夢を諦めさせることだけはしたくないから届けてほしいと、あっしに預けられたもので」

宝蔵院は黙って真弓と冨士の話を聞いていた。

「ただ、送ったはいいものの、そのあとのことが気になって…。実は、智明さんが今の大学病院へ通い始めるまで、時折様子を見に行かせていただきました。こう言ってはなんですが、かえって送った金がもとで、夢が壊れてないか心配で……、すいません」

話の途中で、冨士が真弓に頭を下げた。

住所や名前だけならいざ知らず、なぜ真弓の顔まで知っていたかという理由が明かされた。

真弓は、そんなに長い間見張られていたのかと、ただただ茫然とした。

しかし、冨士がどうして危惧《きぐ》したのかは理解できた。

普通に考えたって、五千万は大金だ。いきなり手にしたら、それが自由にできる金だとしたら、人一人の人生を狂わせるには十分な額だ。

ましてや真弓は学生だ。どんなに志を高く持っていたとしても、多少は遊び心に誘われたとしても、不思議じゃない。

だから冨士は見守り続けた。真弓をというよりは、金の動きを。

なぜなら、これはこれで虎王がなんらかの努力をして得た金だ。虎王の真弓への感謝と心配がこもった金だ。それを、決して無駄にはしてほしくなかったのだろう。虎王を大事に思っている人間の一人として。

「けど、智明さんは、その後も大学に通い続けて、無事に卒業された。大学病院にも勤められて、それは立派な先生になられたので、この二年ほどは伺ったこともなかったんですが」

「それなのに、いきなりここでバッタリ会ったから、びっくりした？」

「はい。特にこの話は、今日まであっしと翼さんしか知らないんです。組のもんはおろか、宝蔵院さんにも話したことがなかったもので、あの場では説明できなくて」

なるほどと、真弓はようやく経緯を納得した。

虎王と自分のことを知っていたのは、この冨士だけ。虎王が真弓の部屋で、何度か携帯電話を弄っていた記憶があるが、あそこで連絡を取っていたのは、この冨士だったのだろう。虎王にとっても、よほど信頼を寄せている者ということだ。

話を聞かされ、宝蔵院も真弓と同じような頷き方をしていた。

「すいませんでした」

「いや、そういう経緯なら、賢明だと思うよ。冨士代行が正しい。彼のことは、誰も知らないほうがいい。翼にしたって、命の恩人をこれ以上ヤクザとかかわらせることは望んでいないだろう。それこそ、自分自身を含めて」

「そうだと思います。本当なら、宝蔵院さんのことだって――」

真弓は宝蔵院と富士のやりとりを黙って聞いていた。

それぞれの呼び方で、多少は関係性が窺えた。

宝蔵院は虎王の名前を呼び捨てにしている。富士の代行は役職みたいなものだろうが、決して上に見ている気がしない。年長者として敬っているのはわかるが、それ以上のものはない。

そして、ここでは一番年長者で偉そうな富士は、全員に対して「さん」づけをしていた。自らを底辺に置いて話していた。これは彼が、もともと虎王に仕えている証だろう。だから、虎王が己と同列に置いていると思う者に対しては、とても腰が低いのだろうと思えた。

「それは言いっこなしだろう。勝手にかかわったのは私のほうだ。翼は怒るかもしれないが、あんなメールで終わりにされたら、かかわらざるを得ない。あいつは昔から自分だけ納得すればいいと思って。悪い癖だ」

話のなりゆきとはいえ、宝蔵院からメールの話が出てきた。

真弓が『やっぱり！』と身を乗り出した。

先ほど、初めて宝蔵院の口から「翼」と出た瞬間に浮かんだ「今日までありがとう」の一文。あれは、やはり彼に送信されたものだ。真弓は食い入るように宝蔵院の顔を見てしまった。

すると、それに気づいた宝蔵院が、スーツの懐から名刺を出した。

「私は宝蔵院千影《ちかげ》。翼とは中学時代からの友人なんだ。まあ、腐れ縁というか、悪友というか。気がついたら知り合ってから二十年は経ったかなっていう」

改めて自己紹介をされた。

だが、真弓は彼が虎王の幼馴染《おさななじ》みだという以上に、名刺の肩書に驚いた。

「宝蔵院って……。GTコーポレーションの会長さんですか！　ここって確か、千利休《せんのりきゅう》より前からあるような茶道の家元が十年前ぐらいに興した、ジャパカフェチェーン店のグループですよね？　今や世界の主要都市にお抹茶カフェを展開している」

それは、真弓でも知っているような店の社長どころか、会長のものだった。

真弓からしてみたら、突然若き日の和泉と遭遇したというくらい驚くような相手だ。どうしてこんなところにいるんだと言ってしまいそうな相手だ。

「知っていてくれたんだ。うちの会社」

「知らないはずないじゃないですか。今や、外資系のバーガーショップと同じぐらい有名です。ファストフードで、種類豊富なおにぎりと和菓子とお茶がセットで味わえるって、日本人なら誰でも誘われますよ。俺もかなりお世話になってるし。けど、宝蔵院さんみたいな人が…彼と一緒にいるって、俺よりまずくないんですか？」

こういう言い方も、聞き方も、本当は好きではなかった。

だが、真弓から見ても、宝蔵院はこの場にふさわしくない人間だ。それこそ塀内にいる虎王と仲がいいと知れたら、世間的なリスクを負うのは宝蔵院だ。それは真弓の比ではないだろう。

もっとも、そんなことはどこの誰より本人たちが知っている。

それでも関係を続けている。

真弓はそれを考えると、なんとも言い難い気持ちになった。

思わず唇を噛む。

「五年前までは、ほとんどメールか電話のやりとりだけだったよ。翼が組にかかわるようになってからは、滅多に会うこともなかった。たまに会うことがあっても、翼は必ず一人で来て……。絶対に冨士代行や若い衆の護衛はつけてこなかった。だから、逆に会うのが怖くてね。実際、翼が君の世話になったのも、たぶん私と会った直後だろうし」

宝蔵院が見せた苦笑に、真弓は返す言葉が浮かばない。

冷静になって、自分が彼の立場になったら――胸が引き裂かれそうだった。

「君はあのときのこと、どれぐらい覚えてるかな？　あの日は、ひどい土砂降りだった。だけど、久しぶりに会って話ができて、私の心は晴れやかだった。別れ際には、またなって笑って。それなのに、それから一時間も経たずに送られてきたメールには、今日までありがとうとあった」

五年前の光景が、真弓の脳裏にも鮮明に浮かんだ。

「私は嫌な予感にかられて、翼に電話をかけた。何度かけても出ないから、メールも送った。だけど、まったく返事がなくて。とにかく、無事な姿だけでも見られれば安心するだろうと思って虎王組に向かった。しかし、そのときにはもう、あいつは行方不明で。組も大変なときだったから、すったもんだしていた」

これが最期と覚悟を決めて虎王が別れを告げた相手が、偶然にも真弓の前にいる。

あの一文を見たときから、真弓は気持ちのどこかで考えていた。

これは家族あてだろうか？　恋人あてだろうか？　もしくは義兄弟と呼ばれるような、同じヤクザな漢《おとこ》たちあて？　と。

しかし、親友という存在はまるで頭になかった。

それも、ここまで立場の違う幼馴染みとは想像もしなかっただけに、真弓は宝蔵院の存在そのものに大きな衝撃を受けていた。

「唯一、冨士代行だけは、私と翼の仲を知っていたから、彼に連絡を取って事情を聞いた。かなり絶望的な返事をされて――――。でも、それから数日後には、翼から無事だと連絡が入ったと冨士代行が教えてくれて。まぁ、だからといって危険な状態に変わりはないから、今後もしばらく連絡は取らない。落ち着いたら連絡するって言伝《ことづて》だけもらって。あいつが無事ならと、一度は納得したんだ」

宝蔵院は、その後も真弓に、あの一週間がどんなものだったのかを話してくれた。

真弓はふと考えた。

宝蔵院が奈落《ならく》の底に落とされたような気持ちのときに、ずっと一緒にいた真弓のことをどう思っているのだろう？　自分だったら、ありがとうだけの気持ちでいられるだろうか？

いられない気がした。

何かしら嫉妬してしまいそうな気がした。

やはりこれは、真弓が虎王に恋愛感情を抱いているからだろう。こんな嫉妬は、友情から生まれるとは思えない。真弓が気まずさから目線を下ろした。

しかし、それに反して、宝蔵院の声が急に明るくなる。

「それなのに、次に冨士代行から連絡が来たら、すいません。翼はしばらく別荘暮らしをすることになったので、そちらにはそうそう連絡が取れないと思います。ご心配されるといけないので、一応報告だけと。最低だろう。別荘っていうのは、刑務所のことだけど。それにしたって、あんまり勝手だから、いったいあいつは何をやらかしたんだって、冨士代行のところに問い詰めに行ったんだ。そうしたら、ね。冨士代行」

これはこれで真弓に気を遣ったのだろう。宝蔵院は、少し呆れたような口調で、虎王のその後を真弓に教えてきた。

虎王は元気だが刑務所にいる。

普通の人間なら、そんなことを聞けば自然に距離を置く。実際の距離だけでなく心や記憶からも抹消するだろう。

「はぁ。組織内がごった返しになっていたところに持ってきて、組の金を使い込んだ幹部が出てきたり、勝手に店や本宅を抵当に入れて借金した計理士が現れたり。とにかく、お恥ずかしい話が一気に出てきて、お手上げだったんですよ。あっしら、基本的に財テクヤクザじゃないんでね。もう、一度にいくつも扱いきれなくて。そしたら、宝蔵院さんが……」

そして、宝蔵院の話に乗った冨士もまた、気持ちは彼と同じなのだろう。あえて内情を真弓に知らせることで、五年前の続きはこんな感じだと教えてくれているようだった。

また、自分ばかりが真弓のその後を知っているのにも、気が引けたのかもしれない。どうしてこんなに堂々と宝蔵院が一緒にいるようになったのか、恥を承知で、その経緯まで明かしてくれた。

「翼が帰れる場所がなくなったら困るからね。私にできることなんて、お金を右から左へ流すことぐらいだし」

微笑を浮かべながら、さらりと放った宝蔵院の言葉が、真弓の胸に深く突き刺さる。

「そんなことありませんよ。今のこの店だって、他の店だって。結局全部テコ入れして、いっぱしに稼げる店にしてくれたのは、宝蔵院さんですし。今のあっしが安心して組長代行なんて顔して、翼さんの出所を待っていられるのも、宝蔵院さんのおかげですからね」

「でも、私は命まで懸けてない。あいつの帰りを命懸けで守っている富士代行とは、背負っているものが違いすぎますよ」

「宝蔵院さん」

宝蔵院が何かを話すたびに、真弓は胸がキリキリと痛み、なぜか敗北感まで感じた。

「まぁ、こんな感じかな」

「そうでしたか」

二十年来の幼馴染みも、義兄弟もいたことがないから、真弓にはわからない。

ただ、冨士と虎王。虎王と宝蔵院。そして宝蔵院と冨士。この三人が、それぞの立場と関係で、互いに強く結ばれているのは見ていてわかった。

おそらく五年前の出来事があって、尚更深い絆ができたのだろう。それは、今日出会ったばかりの真弓にも伝わってくる。

「智明くん」

「はい？」

そうして、虎王という存在を通して知り合った者たちが、互いにどういう関係なのかを明かしたあと、宝蔵院は改めて真弓に向かって姿勢を正した。

「ありがとうございました。君が翼を助けてくれなかったら、きっとあのメールが最期の言葉になっていた。一生悔いても悔いきれなかった」

テーブルに額がつくほど、真弓に頭を下げてきた。

いっそう真弓の胸が痛くなる。

「いえ。助かったのは、本人の体力と気力、何より運ですよ。俺なんかが施した手当てで生きてるって、本当に強運というか、なんというか」

真弓は、宝蔵院が虎王に寄せる思いが純粋だから、邪心のない友情だから、負けた気がするのだと感じた。

いっそ彼から感じるものが自分とそう変わらなければ、嫉妬と嫉妬のぶつかり合いだ。きっと、もっと凶悪でドロドロした悪感情から険悪な空気も起こるのだろうが、それでも敗北感は覚えなかっただろう。

いいところ出会った順や、どうにもならない年季の差に、歯ぎしりをする程度だ。

そもそも場違いな対抗意識で、惨敗することもない。

「早く帰ってきてほしい。無事な姿が見たいよ」

「それなら、すぐですよ。もう、篤行寮に入ってるぐらいだし――――あ」

だからといって、その場に流されるまま塀内のことを漏らしてしまったのは、真弓にとっては失態だった。

塀内勤務となった公務員にとって、受刑者にかかわることのすべてに守秘義務がある。それは出所時期に関しても同様で、真弓のうっかりは情報漏洩《ろうえい》以外の何物でもない。国家公務員法に基づくなら、違反者は最高一年の懲役又は最高五十万円の罰金だ。

しかも、真弓は医師でもある。虎王を患者と見た場合、ここにも守秘義務が発生するので、まさにダブル違反だ。

「え？　もうすぐ？」

「翼さん、篤行寮まで来てるんですか！」

しまったなんてものではない。真弓が両手で口を塞いだときには、宝蔵院と富士の目が輝いた。

今さら嘘です、冗談ですとは言えない状況だ。

「あ、あ……後生ですから、聞かなかったことにしてください！　首になっちゃうだけならまだしも、医師免許まで取られたら、俺は生きていけないのでっ」

真弓は、それこそテーブルに額をゴツンとぶつけながら懇願した。

他に言いようがなかったとはいえ、さりげなく「それ以上聞いたら死ぬ」と脅しをかけて、二人の追及を回避した。

治療と思いがけない話がすんだあと、真弓はすぐにでもその場から逃げたかったが、それを引き留めるように豪勢な食事と酒を出してきたのは冨士だった。

真弓のことを考えれば、もう二度と会わないだろうし、会っちゃいけない者同士だ。これが最初で最後の宴《うたげ》だからと、急いで用意させて出してくれたものだ。

しかし、真弓はそれを丁重に断った。

この上酒など飲んだら、何を話してしまうか自信がない。冨士もそれとなく「もっと聞きたい」という好奇心を隠せずにいたので、真弓は気持ちの分だけ食事を折り詰めにしてもらった。

ちゃっかり、夕飯だけはこの場でもらって退散しようとしたのだ。

だが、そんな真弓も「車で送るよ」と席を立った宝蔵院を、振り切ることはできなかった。

ノーとは言わせない笑顔の圧力もさることながら、それ以上に手足の捻挫がひどかった。

今の真弓に、宝蔵院の親切を振り切り、逃亡できる瞬発力や余力はまったくなかったのだ。

「さ、乗って。君は翼の恩人だ。私にとっても、そうだ。遠慮はいらないから」

「ありがとうございます」

――――とはいえ、精神的に惨敗を食らった直後だけに、真弓は更に落ち込んだ。

こういうときに悪気がないのは困る。宝蔵院は、単に真弓に対して感謝から行動を起こしているのだろうが、真弓にとってはこれさえ腹立たしかったのだ。

礼なら、虎王からだけもらえればいい。第三者から「その節はどうも」と言われたくない。

下手に部外者から感謝されると、第一線の知り合い、身内として誇示されている、真弓だけが他人のように位置づけられている気がして悔しかったのだ。

恋とは、嫉妬とは、本当に偉大かつ厄介だ。こんなに人の心を歪ませる。

真弓は、「小せぇ男だな」と自分に呟きつつも、ベンツの助手席で俯《うつむ》いた。

シートからして違うと一瞬にしてわかるような高級車は、乗ったことがなかった。

いつもなら大はしゃぎだ。それなのに、今は溜息しか出てこないのだ。

そういう自分に、余計落ち込む。

「それにしても、びっくりしたよ。まさか君が塀内で翼と再会したなんて。世の中って、本当に狭いものだな」

宝蔵院は真弓と二人きりになると、いっそう機嫌をよくして声を弾ませた。

湧き起こる感動を隠そうともしなかった。

「本当に、何もわざわざって気がします」

「でも、羨《うらや》ましいよ。最後に会ってから五年だ。一日千秋の思いだ」

「お好きなんですね。虎王…さんのこと」

「そりゃあね」

聞いた自分が馬鹿だった。真弓は足元から視線が上げられなくなった。

宝蔵院の前で、虎王を呼び捨てにすることさえできなかった。余計に他人行儀になっていく。

すると、宝蔵院は持ち前の容姿ほどスマートにハンドルを切りながら、真弓に虎王とのことを話し始めた。

「翼は生まれたときからヤクザの組長の息子で、私は生まれたときから、名前と歴史ばかりが重くのしかかる家元の息子。どちらも教室の中では浮いた存在だった。でも、それは私たちのせいじゃない。そういう、ぶつけどころのない憤りみたいなものが共鳴し合って、気がついたらつかず離れずの距離ができていた。それが心地よかったんだろうな。お互い」

真弓と虎王に出会いがあったように、宝蔵院と虎王にも出会いがある。

その後の関係、結んだ絆の意味や種類は違っても、出会いに運命を感じたのは同じだろう。それが宝蔵院の言葉からは、ヒシヒシと伝わってくる。

『偶然とはいえ再会して、抱きしめられて、ホッとしてた俺が馬鹿みたいだ。結局虎王にとって一番の心のよりどころはこの人だ。俺じゃない。きっと塀内で会ってなかったら、一生会えなかっただろう。虎王から俺のところには、きっと……一生訪ねてこなかった気がする』

真弓は、時折宝蔵院の横顔をチラリと見上げた。

彼は、凄みのある虎王と並んでも決して迫力負けしないオーラを持った紳士だった。

むしろ〝対〟や〝半身〟という言葉なら、虎王と宝蔵院のほうが似合いだ。

真弓は、自分でもどこか虎王に甘えている自覚があった。

対等だから恋になったというよりは、そうでないから恋になったような気がする。

そう考えると、真弓は尚更虎王にとって、自分が必要な存在とは思えなくなってきた。

また、足元を見る。

『どうして宝蔵院さんは、虎王と親友になったのだろう。俺のように、恋に堕ちることがなかったのだろう。虎王は何を基準に、友情と恋を分けたんだろう。俺が女だったら、こんな気持ちにはならなかっただろうか？　なんか、全員男って、ややこしいな。どうりで学生時代に、みんなすったもんだやってたわけだよ。そりゃあ、揉めるよ』

一度悩み始めると、なかなか吹っ切れなかった。

どう考えても、これは真弓が勝手に嫉妬し、頭の中がぐるぐる回っているだけだ。

それは自分が一番わかっている。

『黒河先生は二十年来の親友と、結果的には恋人同士になったんだよな。そしたら、友情が恋に変わらないという法則はない。たとえ、恋が友情には変われなくても』

黙り込む真弓を、宝蔵院は心配そうに見てきた。

「どうしたの？　どこか痛む？　やっぱり病院に行こうか」

「いえ、大丈夫です。これぐらいなら、自分でも診られますから」

「そう。それならいいけど」

彼の印象は、初めから変わらない。優しくて、とてもいい人だ。

気遣いがあって、思いやりがあって、それが言葉の一つからでも伝わってくる。

それなのに？　それだから？　真弓は、ふと思った。

『でも、逆にこんな人のためなら、虎王は喜んで身代わりになるよな。それどころか、宝蔵院さんのためなら、人だって殺《あや》めてしまうかもしれない』

自分の中に、生まれて初めてのどす黒い疑心が湧き起こった。

冷酷で残虐で非道な内容だった。

全身の血が凍りついたような、ただただ冷ややかで無感情な疑惑だ。

『――――って！　何考えてるんだよ。今夜の俺は最低だ。醜すぎる。嫉妬の塊なんてものじゃない』

真弓はすぐに正気に戻った。

言葉では言いつくせない悔恨が、自分自身に向けられる。

『何もかもが腐ってる。宝蔵院さんに対しても、虎王に対しても、俺はっ！』

身の置き場がなかった。このまま消えてしまいたかった。

それなのに、嫉妬で狂ったとしか思えない自分に、宝蔵院はそれとなく聞いてきた。

「君も翼のことが好きなの？」

心臓が止まるかと思った。

真弓は無意識のうちに、両手で胸を押さえてしまう。

「き、嫌いにはなれない人だと思います。なんていうか、こう。うまく言えないんですけど。俺にとっては、いろんな意味で大きな存在です。行きがかりとはいえ、生まれて初めて受け持った患者さんですから」

せめて好きだと言えたら、後悔に後悔を重ねることはなかっただろうか？

真弓は咄嗟に出た言葉を耳にし、自分を胸中で罵倒《ばとう》した。

――――嘘つき！

今夜もまた、眠れない。

しかし、真弓の苦しい嘘を聞いた宝蔵院は、ハンドルをきつく握ると、いっそう声を弾ませてきた。

「そう。そういう感じか。よかった。それなら多少の希望が持てる」

「希望？」

信号待ちで車を停《と》めると、大都会のイルミネーションに負けないほど目を輝かせて、極上な笑みを向けてくる。

「智明くんって恋人はいる？　いないなら、今度改めて食事に誘わせて。ああ、その前に連絡先の交換しないと。いいかな、まずはお友達から」

「――――」

真弓は心臓を押さえたまま、固まった。

おかしな疑惑を抱いた罰が当たったんだろうか？

虎王と宝蔵院の間に友情以上の感情が芽生えなかった理由。それは案外簡単で、とても単純な理由からだった。

＊＊＊

衝撃としか思えない告白をしてきた宝蔵院は、その後も話を続けながら車を走らせた。

「こんなことを言うと軽薄丸出しだが、一目見て可愛い子だなと思ったんだ。さすがにそれだけで付き合ってほしいとは思わないが。その後の君を見ていて、可愛いのに元気で無鉄砲で行動力もあるんだなと、興味が湧いた」

深夜のアスファルトを滑るように移動する。身体に伝わる微かな振動は、とても心地よい走行であることを示していた。車のクッション性がいいのは確かだろうが、信号やカーブのたびに感じるハンドルさばきの穏やかさ。それらは誰が何を言うでもなく、宝蔵院の人柄を現しているようだった。

「そこへ君が翼の命の恩人だとわかったものだから、一気に感謝と好感が加わった。本当なら、一生会えるはずもない相手だと思っていたから、余計な運命のようなものまで感じてしまったのかもしれない」

真弓は終始、身を硬くして彼の話に耳を傾けることしかできなかった。

虎王との出会いが運命的だと言うなら、宝蔵院との出会いもまた運命的だった。

初めから同時に出会っていたら、果たしてどう感じていたかわからない。

ただ、真弓が宝蔵院に対して、好感は覚えても恋愛感情が湧いてこないのは確かなことだ。

それ以外の感情、好奇心ならばいくらでもという気がするが、これらは宝蔵院が望んでいるものとは違うだろう。何一つ真弓には求めていない感情だろう。それがわかるだけに、真弓はいつしか固唾を呑んでタイミングを計っていた。

自分の本心を明かすタイミングを、今か今かと――――。

「勝手な想像かもしれないが、当時まだ学生だった君が翼をアパートに連れて帰るには、どれほどの勇気が必要だっただろう。その後も何日もつきっきりで面倒を見て…。そんな姿を想像したら、なんて健気《けなげ》で慈愛に満ちているんだろう。優しくて正義感に溢れているんだろうと、好感ばかりが膨れ上がって――。これからも会いたいと思ったんだ。翼のこととは別に、私自身がもっと君と話をして、距離を縮めたいって」

そうして車は自宅付近までやってきた。

「まぁ、本当のことを言うと虎王の命の恩人は、寂れた個人病院のおじいちゃん先生か何かだと思い込んでいたので、その反動も大きかったかな」

宝蔵院は照れくさそうに笑っていた。

真弓は、もうあとがないと感じて、話を遮るようにして声を発した。

「あの、ごめんなさい。嘘をついて」

「え？」

「俺、本当は虎王が好きです。虎王翼が好きです。恋、してます」

宝蔵院のハンドルを握る手に力が入った。

真弓はそれを見ただけで、胸が痛んだ。

「だから――ごめんなさい」

謝ることしかできない真弓に宝蔵院は、「そう」と言いながら流れる街の景色に目をやった。

それから数秒は黙り込んでしまった。

真弓にとっては、一秒一秒がとても長かった。

だが、しばらくすると宝蔵院は「それじゃあ仕方がない」と言って微笑《わら》った。「あいつは昔からモテるんだよな」と、少し茶化《ちゃか》した。

結局真弓は家の前まで送ってもらって、宝蔵院とは別れた。

改めて連絡先を交換することはなかったが、真弓の手元には彼からもらった名刺が残った。

そして宝蔵院の頭の中にも、真弓の家と職場のデータが残ったことだろう。これで、何かのときには、どちらからでも連絡は取れる。

だが、それは虎王にかかわる重大な何かが起こったときであって、他に理由が見当たらない。

そうなると、宝蔵院と連絡は一生取らないほうがいいということだ。

『だからって、虎王が出所したら逆に終わりだよな。あいつは虎王組に帰るんだろうし、冨士さんは、虎王が戻るまでの組長代理だ。虎王は戻れば組長就任――――俺を遠ざけることは間違いない』

翌日、転職三日目――――。

真弓は右の手足に負った捻挫を抱えて通勤した。

都心の朝は、どこも人で溢れている。都下へ向かう電車に乗り換えてしまえば楽だが、それまでが大変だ。怪我に触らないように気を遣う。

『俺だって今はもう公務員だし――――っ!』

だが、どこかで気持ちが散漫になっていたのか、真弓は急ぐ人々とぶつかり、足を滑らせた。

右の手足がうまく利かなかったことから、階段から転がり落ちた。

今日を乗り切り明日になれば、愛染先生に「褒めてください」と要求できる。それをきっかけに、自分が本気でここに勤める気なのだとアピールもできる。そんなこともあり、真弓は張り切って家を出た。怪我のことも考慮し、時間に余裕も持たせた。しかし、結局は一時間の遅刻をしてしまった。

「どうした、それは！　少し遅れるって、事故だったのか」

右の手足に湿布をしていた真弓は、顔のあちらこちらに打ち身や擦り傷まで増やしていた。

愛染は真弓を見るなり席を立った。

「いえ、駅の階段を下りようとしたら、ぶつかられちゃって。踏ん張ろうと思って、手すりに手を伸ばしたんですけど、利き手利き足が捻挫中だったもので、踏ん張れなくて」

「それで上から下まで転がり落ちたのか」

「いえ、半分ぐらいです。途中で受け止めてくださったサラリーマンの方がいたので、このくらいですみました」

「これでってて、ちょっと診せてみろ。鼻の骨は無事か？　打ち身と擦り傷だけか？」

そう言って、真弓に両手を伸ばしてきた愛染の表情は、普段とまるで違った。一目でわかる怪我もさることながら、衣類で隠れて目にはつかない部位も一つ一つ触診していく。

「けっこう庇ったつもりだったんですけど……。でも、怪我に怪我が重なって、大げさに見えるだけですから」

真弓は、診る側から診られる側になっている恥ずかしさからか、どこを触られてもビクビクと身体を震わせた。

「笑顔で説明する、お前の気持ちがわからない。頭も打ったんだろう」

「これは性格です。それより愛染先生！　昨日の顔の縦線、ひどいじゃ……痛っ」

「もういい。太田！　写真を頼む。特に手足重点で」

一とおり触診での確認を終えると、愛染は声を大にした。

すると奥の続き部屋から、太田が姿を現した。

「え？」

「一緒に来てください。レントゲンを撮ります。通勤途中なら、労災で申請しますから」

淡々とした彼の物言いは、今日も変わらなかった。それが怖くて、真弓は全力で遠慮した。

迷惑だ、辞めていいと言われたあとは、いったい何を言われるのだろう。自然とそんなことが頭をよぎって、真弓は痛む身体をあえてピンと立たせた。

「いや、見た目派手ですけど、本当に捻挫に打ち身とかすり傷ですから、大丈夫です」

「大丈夫じゃないと診たから、言ってるんだ。四の五の言わずに行ってこい」

太田は何も言わなかった。

だが、その分まで黒衣の悪魔が怒りも露《あら》わに言い放つ。

「はい」

遅刻してきた上に、患者となった真弓には、従う他なかった。

うなだれて太田についていくと、健康診断でもないのにレントゲン写真を撮られる事態に余計に落ち込んだ。

医師が職場で診察や治療を受けるなんて――――負けた気がしたのだ。

しかし、愛染の判断が正しかったことは、すぐに証明された。

「右足首は捻挫のようですが、右手首の骨にはヒビが入ってます。他は無事です」

「ありがとう。今、スプリントを用意してくる」

愛染はレントゲン写真を確認すると、改めて席を立った。

「え？　愛染先生がやるんですか？　今日は外科の先生はお休みなんですか？　整形外科って、外科の先生が兼任でしたよね？」

「昨日、お前が寝ている間に退職したから、今日からは俺が兼任だ」

「は？」

思わず不安から聞いてしまったが、あっさり返事をされて更に聞き返す。

それに答えてくれたのは、背後に立っていた太田。

「愛染先生は公言しないだけで、実際何でも屋なんですよ。九時五時仕事に週休二日。それに徹して研修に行き、年々対応できる分野を増やされてきたんです。そうでないと、ここじゃいつ誰が辞めるかわからないし、対応が追いつかない。たとえ広く浅くでもいいから、ここで初診をクリアできないと、そう簡単に搬送はできないですからね」

太田の口調は特に変わらなかったが、そのまなざしは愛染への尊敬が表れていた。

真弓が、こんなまなざしに出会うのは初めてではない。東都大学医学部付属病院にいたときは、毎日のように出会っていた。

『何でも屋……。それって、黒河先生みたいってこと？』

自分を含めて、誰もが羨望《せんぼう》のまなざしを向ける医師が、東都大学医学部付属病院には多数いた。

黒河を筆頭に、各科には必ずエース的人物が存在し、周囲を常に盛り立て、患者にも治療への希望と意欲を与えている。そして、それらに応えようと、また黒河たちも頑張っている。

しかし、ここには限られた職員しかいない上に、同僚は入れ代わり立ち代わりだ。

太田はそれなりに長く勤めているようだが、どんなに愛染が努力をしたところで、それを評価し、称えてくれる者はほんどいない状態だ。

真弓は三日もったら愛染が褒めてくれるが、愛染を褒めて労《ねぎら》う者は――――？

『いや、さすがに黒河先生でも、外科と内科の兼任はない。そもそも東都は、そんな必要がない環境や設備があるし』

真弓は迷うことなく、必要な道具を持って現れた愛染を見る目が、明らかに最初と変わってきたことを実感していた。

苦しむ佐々木を前に帰宅したのは、今でもどうかと思う。やはり診断だけではなく、一緒にいてほしかった。そこだけは今でも不満だし、納得もしていない。

だが、実際に時間外まで対応することを常としたら、太田が言うように限られた人材だけではもたないだろう。いずれ疲れやストレスがたまって、通常の勤務さえ難しくなる。ましてや新たな専門知識など得る余裕はまったくなくなり、和泉が心配した〝勉強不足〟にも陥りかねない。進んで専門知識を増やすことなど皆無に等しいだろう。

真弓だって、ここで愛染が処置をしてくれなければ、このまま早退して整形外科へ行くことになった。それをせずにすむのは、やはり愛染の幅広い対応能力のおかげだ。これには感謝だ。

「ほら、楽な姿勢で手を出せ」

「はい」

愛染は、温めて軟化したギプス素材の一種、アクアプラストシートを持ってくると、それをヒビが入った手首周辺に巻きつけてセットした。

シートが冷えて固まるのを待ちながら、真弓の手そのものに負担がかからないよう、型を合わせるために、掌から手首、二の腕までを軽く押さえてフィッティングをしていく。

『ここは、まるで孤島だ。愛染先生は孤島の診療医みたいだ。ただ、実際は孤島じゃないし、いざとなれば救急搬送できる病院がある。だから、患者の状態や時間で割り切る。そうして九時五時・週五日の仕事にのみ全力を尽くす。空いた時間で勉強するために、少しでも多くの病気や怪我に対応できる自分を育てるために』

そうして、シートが固まると、愛染はそれを一度手から取り外して、手首を固定するのに必要な部分だけを残して、切り揃えていった。

あとは丁寧にエッジ部分をスムージングし、マジックテープのストラップをつければ、真弓専用のギプスの出来上がりだ。

愛染は、真弓が先に捻挫をしていたこともあり、湿布を貼ってからギプスを装着し、仕上げにつり包帯で固定した。

「わかってるだろうが、しばらく右側は使うなよ。左側中心でどうにかしろ」

「はい。でも、おおげさじゃないですか?」

すっかり怪我人という装いにされて、真弓は苦笑を漏らした。

「怪我人は怪我人だってわかるようにしておかなかったら、またぶつかられるだろう。人が避けてくれるようにしておかなかったら、次は車の前にでも弾き飛ばされるぞ」

「あ、なるほど」

こんな話をしている間にも、受刑者は診察に訪れ、愛染は忙《せわ》しなく動き回っていた。

それでも愛染は、真弓を気にしながら小言を口にし続けた。

「――――どうせ、休んでおけって言ったところで、来るんだろう。普通は、階段落ちをしたところで、病院に行って家に帰るもんだ。そのまま出勤してくるなんて」

「すみません。ご迷惑ばかりおかけして」

「そう思うなら、自分の健康にも注意することだ。どんなに患者を思う気持ちがあったところで、動ける身体がなければ役に立たない。九時五時の間でさえ、まともに診れなくなる。それじゃ、わざわざ補充で入った意味がないだろう」

何もできないのに出勤してきて、かえって邪魔になっている気がして、うなだれた顔が上げられない。

真弓は、三日目にしてこれでは、褒めてもらうどころではないと反省しきりだった。

「はい」

するとは、愛染はそれとない話題を出してきた。

「なら、無理はするな。あ、今朝、医療刑務所の部長から礼の電話が来てたぞ。昨夜の当直者たちは、爆笑しながら仕事してたって。朝までお前の話でもちきり。久しぶりに楽しかったって。お前、佐々木の見舞いに行ったんだな。わかってたら、もう少し手加減してやったのに」

「いえ、居眠りした俺が悪いので。これからは気をつけま……！」

真弓がようやく顔を上げると、転がり落ちたときにできた顔の傷に消毒がされる。

自分の両手に塗り薬をのばすと、愛染は容赦なくそれを真弓の顔に塗ってきた。

「そうしてくれ。お前みたいなのは、目の前にいるだけで悪戯したくなるからな」

「ひろいれふぅ」

最後は両の頬を摘《つま》んで、思い切り引っ張り、治療を終えた。

こんなときだというのに、愛染は飴と鞭を全開だ。

「とりあえず、待ち合いの振り分けからよろしく。今日はきっと仮病患者が多いぞ。お前みたいな見世物パンダがいるからな」

「は、はい」

愛染は、真弓に「帰れ」とは言われなかった。

真弓はそれだけでもありがたかったし、仕事を言いつけられたときには心から感謝した。

ただ、愛染が予告した仮病患者は確かに多発した。真弓の怪我の話が、瞬く間に篤行寮内どころか刑務所全体に広がったからだ。

「うわっっっ！　本当だ。真弓ちゃんが怪我してる。しかも、顔にまで。嫁入り前なのに、嫁入り前なのにっっ」

「誰が嫁入りだ。はい、仮病！　帰って帰って」

こうなると、見世物パンダとはよく言ったもので、医務室には真弓の姿を一目見ようと、受刑者たちが次々に現れた。

「俺たちのアイドルがボロボロだ」

「ひっでぇ…な。あっちもこっちも、傷だらけじゃないか。これ、痛いか？」

「俺は医者で、アイドルじゃない。はい、仮病！　帰って」

真弓の場合、初日から「今度入った刑務医は、若くて可愛いぞ」「ようやく俺たちにも白衣の天使が現れた」「黒衣の魔王退散！」と噂《うわさ》になっていたところへ、佐々木の一件だ。中には「今だけだ。すぐにもたなくて辞めるさ」と悪態をつく者もいたが、大半の受刑者が好感を覚えて、親しみを持ち始めていたのだ。

しかも、「出勤二日目にして、職場で居眠りをした大型新人」「黒衣の魔王さえ失笑させた超大物現る」のニュースは、真弓の知らないところで拡散されていた。「こんな肝の据わった医師なら、逆に長居してくれるだろう」と、期待さえ抱かれ始めた矢先だけに、「三日目にして何事だ！」となったのだ。

狭い塀内の中だけに、真弓は旬の話題人だ。

「マジ、階段から落とされたって、どこの誰にやられたんだ。出たら敵討《かたきう》ってやる」

「馬鹿なこと言わないでください。うっかり落ちただけです。それに、そういう気持ちがあるなら、自分が二度と加害者にならないでください。被害者の家族や友人・知人は、そうやって怒ったり悲しくなったりするってことですからね！」

「――――真弓ちゃん」

「はい、お帰りはあちら！　できればもう、ここには来ないように。健康第一、立派に務めを果たして、一日も早くここから出ていくことが、今のあなたの使命ですからね」

真弓は、引っ切りなしにやってくる受刑者を追い払うだけで、午前中の仕事を終わらせた。

そして、やっと昼休みだと肩を撫で下ろしたところに、今度は食事へ行った愛染の留守を狙った虎王がやってきた。

「真弓先生」

「また昔の古傷ですか？」

真弓はつっけんどんに答えながらも、急に込み上げてきた緊張感をごまかしにかかった。

偶然とはいえ、昨夜宝蔵院や富士に会ってしまったことが、後ろめたかったのだ。

「同室の奴らから、怪我したって聞いたから見に来たんだ。それよりお前、まさか俺の言うことを聞かずに、何かしたんじゃないだろうな」

虎王は、昨日あんな話をしたあとだけに、真弓の怪我が故意ではないかと疑っていた。思い余って、虎王組に乗り込んだとでも想像したのだろうか？

だとしたら、逆にこの程度ではすまないだろうと思うのだが——。

「何かってなんだよ。いらないことを蒸し返すなって言ったの、そっちじゃないか」

「それはそうだが」

「これは今朝、駅の階段で慌てんぼうとぶつかった弾みで落ちただけ。運が悪かったんだよ。俺もぼうっとしてたし」

真弓がそっぽを向いて、シラを切りとおしていると、虎王が背後から両腕を絡めてきた。

「しょうがねぇな。だとしても、これはそうとう慰謝料弾んでもらわないと、割に合わないだろう。お前のことだから、その調子で簡単に示談にしてきたんだろうけど」

傷に触らないように抱きしめられて、キュンとなる。

虎王の腕から、全身から愛を感じて、緊張の意味が変わった。

背中が熱い——。

すると、真弓は我慢できなくなってきた。

「朝のラッシュ時に、相手なんかわかるはずないじゃないか」

つっけんどんに言い放つも、湧き立つ思いが止められない。どうしてこんなに目の前の男が好きなのか。ずっと傍にいたい、もう離れたくない、約束してほしいと心が騒ぐのか。

答えがあるなら「好きだから」「恋をしているから」としか言いようがない。

真弓にとっては虎王が何者であっても関係がない。ただ、好きになったから抱きしめ合った。恋をしたから結ばれた。それだけの相手なのだ。

「相手がわからない？　それ、どういう意味……」

「そんなことより！　昨日の話は本当なんだろうな。お前のこれからの五年、十年を俺にくれるって。一生でも俺にくれるって」

真弓は、一瞬目を細めた虎王の腕を摑むと、切羽詰まったような声を上げた。

昨夜から考え続けていたことを口にし、改めて確認した。

「あ、ああ」

躊躇いがないと言えば嘘だろうが、それでも虎王は返事を寄越した。

自分の将来、未来を真弓にくれると、今も確かに。

「だったら俺、一緒にいたい。虎王がここから出たら、一緒に暮らしたい。そのためなら、俺が虎王の世界についていってもいい。ヤクザになってもいいから、傍にいたい」

これは真弓が五年前に言えなかったことだった。

正確に言うならば、言えるだけの覚悟をもって抱かれたと思うが、口にする前に消えられた。

もう、同じ後悔はしたくなかった。それだけの思いから発した激白だった。

しかし、これには虎王のほうが驚き、真弓の拘束を解いた。

「何、馬鹿なことを言ってるんだ」

やっと思いので縋りついた腕を振りきられて、真弓の胸に激痛が走った。

結局、これこそが虎王の答え、本心なのだろうと思えて、悲憤ばかりが込み上げてきたのだ。

「馬鹿なんて初めからだよ。そうでなかったら、お前みたいな危なっかしい男、拾って家になんか連れて帰ってない。ちゃんと警察でも、消防署にでも通報してる。二度もやられたりしてないし、こんなこと自分から言い出すもんか」

「智明」

何を言ったところで、何度抱いたところで、虎王は真弓を傍へは置かない。

なぜなら彼は、それが真弓にとって一番の安全であり、幸せだと思っている。

ヤクザな自分とかかわらせないこと。それが一番の愛情表現だと信じて疑っていない。それは、冨士や宝蔵院の話からもわかる。

だが、それがわかるからこそ、真弓は腹立たしくて仕方がなかった。

「お前は卑怯だよ。俺に期待だけさせて、結局突き離すんだろう。だったら、最後まで付き合う気がないんだったら、手なんか出さなきゃいいのに。一度ならず二度までもやっといて。これきりのセックスがしたいだけなら、それができる相手とだけすればいいじゃないか。どうせ相手に不自由なんかしないんだから。何がヤクザの仁義だ。くそくらえ！」

せめて言いたいことぐらい言わせてもらわなかったら、気が収まらない。

虎王とのことを、ドラマチックな思い出に変えることさえできない。

これから何年、同じ気持ちを抱えていくのか、自分でもわからない。

だから真弓は、諦めるなら諦めるだけの材料が欲しかった。と同時に、これだけは虎王にも承知させたかった。

「もう、お前に振り回されるのはたくさんだ。今度こそ本当にさようなら、この先一緒にいる気がないなら、二度とここには来るな。俺の心配もするな。そしたら俺は、気持ちを切り替える。お前のことはきっぱり忘れて、他の人間に気持ちを移す。ただし、次に惚れた人間が、またヤクザだったとしても、お前には関係ないからな。俺は、肩書で人なんか好きにならない。惚れてみたらまたたかよって可能性は決してゼロじゃない。だから、それだけは覚えとけよ」

「――――っ、お前っ」

まくし立てる真弓に困惑していた虎王も、顔つきを一変させた。

虎王からすれば、これ以上ない脅迫に聞こえたのだろう。思わず真弓の白衣の襟に手を出した。

同時に、医務室の扉が開く。

「真弓、気の利く俺様が弁当買ってきてやった――――と、虎王？　珍しいな、お前がここに来るなんて」

虎王は慌てて真弓から手を引いた。

「俺の話を聞きつけて、からかいに来たんですよ。仮病ですから帰ってもらうところです」

真弓も何事もなかったような顔で、愛染のところにお弁当をもらいに行く。

「そっか。まぁ、一見の価値あるもんな。けど、長居はさせねぇぞ。見たら帰れ」

虎王は「はい」と返事をし、苦笑を漏らした。

これ以上の長居はできない。両手を作業着のポケットに突っ込み、出入口へ向かう。

「あ、そうだ。愛染先生」

「あん？」

「弾みとはいえ、他人を階段から落として気がつかないほどの鈍感って、どれぐらいのレベルなんですかね？　俺はヤクザですけど、素人さんにぶつかったら、ごめんぐらいは言いますよ。まして や目の前で階段から転がり落ちたら、安否の確認ぐらいはしますけど」

ふと足を止めて、虎王が問いかけた。真弓は、まだ何か疑っているのかと目くじらを立てる。

「そういう世の中だから、ここはいつも満床なんだろう」

「そう言われたら、そうでした。失礼しました」

この場は愛染が実に愉快な返事をしたことで、気が治まった。

虎王も納得したのか、その後は笑って医務室を出ていった。

真弓と虎王の関係は、奇しくも愛染の何でもないような一言で幕を閉じた。

なんて呆気《あっけ》ない終わりなんだと思ったところで、これは真弓から切り出した話だ。一つの恋の決着だ、仕方がない。

『結局ここでのことって、同窓会で元のカレと再会したら、ついほだされてやっちゃいましたってノリと大差ないよな。あ、あの五千万をどうしよう』

真弓は、ふと押し入れに隠した現金を思い起こして、昨日のうちに虎王組の経営する店や宝蔵院の連絡先を知っておいてよかったと思った。

虎王が冨士を介して寄越した金だ。自分が別の誰かを介して返したとしても、許されるだろう。

そう思うと、少しだけ張りつめていたものが解けた気がして――。


その日、真弓は午後からも仮病患者の追い出し作業で、大半の時間を過ごしてしまった。

気がつけば、あっという間に定時だった。

慣れない片手作業で帰り支度をしていると、愛染が手を伸ばして手伝ってくれた。

「ありがとうございます」

「いや。それより車があるから、家まで送っていってやる」

「え？」

「その手足で、まだ懲りずに電車に乗るつもりか。しばらく送り迎えしてやるから、一日も早く治せ」

「――ありがとうございます」

思いがけない優しさと気遣いに触れて、恐縮してしまう。

だが、明日からの送り迎えは別として、今日のところは愛染の好意に甘えることにした。

真弓は、白衣を脱いだ途端に、患部の痛みが倍増したように感じたのだ。

とにかく仕事に行かなければという一念だけで出勤したが、肉体的なダメージはそうとう大きなものだった。

その上、虎王とのやりとりに決別だ。精神的にもボロボロだった。

どうにか勤務時間だけは乗り切ったが、それが終われば糸が切れた凧《たこ》のような状態だ。

真弓が誰かに救いを求め、また他人の情けに触れたいと思ったところで、不思議はない。愛染が駐車場に停めていたド派手な外車、それもスポーツカーの助手席に乗り込むと、ビビりながらもホッとした。心から「お手数をおかけします」と、感謝も起こった。

しかし、いざ車が走り出すと想像以上の乗り心地に、昨夜のベンツを思い起こした。

頭の中で自然といろいろなことがよぎり、真弓は複雑な思いにかられた。

そうして、しばらく走ると愛染は、ぼんやりしていた真弓に冷水を浴びせるような質問を放ってきた。

「ところで、お前。他人から恨まれるような覚えはあるか？　一歩間違えたら、殺されかねないほどの恨みだ。そういうことをしたか、勘違いされたか。いずれにしても、心当たりがあるなら、言ってみろ。次は命がないと思って、全部だ」

「え？」

「お前、どうして階段から落とされた相手に逃げられたってことを言わなかった。お前がへらへらしてるから、てっきり駅長を交えて示談を成立させてきたんだと思い込んでたぞ」

それは、昼間に虎王が発した言葉を愛染がきちんと受け止めていた証だった。

あの場で話を流したのは、単に虎王が受刑者だったから。仮病とわかっているのに、長々と居座らせるわけにはいかない。だから、帰したに過ぎなかったのだろう。

真弓は、構えもないところで尋問を受けて姿勢を正した。

「だって、そんな大げさですよ。そもそも俺は昨夜から捻挫してたし、これがあったから踏み止まれなかったって言ったじゃないですか」

「そんな思考だから、受刑者たちにまで心配されるんだよ。虎王の話を聞いてなかったのか。どんなに余所《よそ》に気を取られてたって、他人とぶつかれば大概の人間は気がつく。相手が階段から転がり落ちたんだったら、尚更だ。そこで安否確認や謝罪をせずに逃げていく奴は、人でなしか計画犯のいずれかだ。被害届を出して、逮捕してもらって当然って奴だ。そうだろう」

こんなことは当たり前のことだと言いきられ、真弓は返事に戸惑った。

そこまで考えなかった自分が悪いといえば悪いが、改めて「計画犯」と言われると、背筋が凍った。真弓が他人から命を狙われる。仮にそれが口封じなら、理由はあとにも先にも一つしか思い当たらない。

かといって、自分が警察に被害届を出す。それはイコール、これまでひた隠しにしてきた虎王とのあれこれが、全部知られてしまう可能性が出てくるということだ。

「まぁ、その様子じゃ思い当たる節はなさそうだから、このまま警察行って被害届だな」

「やめてください！　その、かかわってきた患者さんの家族からの逆恨みとか、そういうのだと困るので」

真弓は咄嗟に口から出まかせを言った。

決して褒められた内容ではなかったが、自分の立場で言える信憑《しんぴょう》性のある言い逃れなど、これぐらいしか思いつかなかった。が、これが決定的な墓穴を掘ることになる。

「なら、警察はやめて東都の和泉のところだな」

　愛染はさらりと言って、ハンドルを切った。

　真弓は「東都」だけでも十分脅されただろうに、そこへ「和泉」の名までつけられて、悲鳴を上げた。

「どうしてそうなるんですか！」

「逆恨みしそうな家族を断定してもらうんだよ。そうでなかったら、次はホームから突き落とされるかもしれないだろう。そんなことになったら、一大事だ」

「だから、どうして事を大きくするんですか！」

「他人の命を預かってる奴が、それを聞くか。お前、自分の仲間が同じ目に遭っても、災難の一言ですませるのか？　必死で治療に当たったにもかかわらず、恨まれるんだぞ。次に狙われたら命がないかもしれないのに、じゃあ襲われて死にかけたら全力で治療に当たりますねって、そういう考えか？」

「――――っ」

　ぐうの音も出ないとは、このことだった。

　真弓は虎王にばかり気を取られて、肝心なことを見落とした。

　逆を言えば、今ならどうして虎王が愛染に「この階段落ちはあやしくないか？」とメッセージを投げたのかもわかる。

虎王は、自分が抱えるどんな秘密よりも、真弓の身を案じたのだ。

自分がまだ塀内から出ることができないだけでなく、真弓自身に危機感がまるでないことを危惧したから、あえて愛染に託したのだろう。

「わかったか。できる予防はするに限るってことだ。患者も犯罪者も増やしたくないだろう」

「待ってください！　嘘です。患者さんや、その家族に思い当たる節なんかありません。嘘をつきました。ごめんなさい」

真弓は、本気で和泉のところへ行こうとしている愛染を止めた。

これはもう、虎王がどうしようもなくなったら、愛染にだけはバラしていいぞという合図だろうと解釈した。仮にそうでなかったとしても、きっかけをつくったのは虎王だ。真弓は、こればかりは諦めてくれと虎王自身にも言うしかなかった。

「俺に、もしも命を狙われるほどの理由があるなら、それは受刑者・虎王翼の無罪を証明できることです。彼が実は人なんか殺してないって知ってることしか、思い当たりません」

「は？」

愛染は一瞬、間の抜けた声を漏らしてから、真弓の顔をまじまじと見てきた。

あやうく隣の車線を走るトラックに接触しかけて、鼓膜が破れそうなほどクラクションを鳴らされる。

「愛染先生こそ、俺を殺す気ですか！」

真弓が悲鳴を上げた。

「あ、悪い悪い。お前があんまりとぼけたこと言うから、ついな」

都合が悪くなると笑ってみせるのは、真弓も愛染も変わりなかった。

しかし、そのあとは真顔で「まずは順を追って説明しろ」と言われて、真弓は虎王とのことをすべて話した。

出会いから今に至るまでの説明は、家に着くまで続いた。

そうして、真弓のアパート付近に到着すると、愛染は手頃な裏路地を選んで車を停めた。

着ていたスーツの懐から煙草《たばこ》を取り出し、真弓に一言断りを入れてから、それを吸い始める。

意識を集中させることで、愛染なりに話を整理しているようだ。

二本、三本と立て続けに吸っていく。ときおり煙草を噛み締めながら、遠くを見つめる。その視線の先に何を見ているのかは、愛染本人にしかわからない。

三本目を吸い終えると、灰皿に押しつけた。

「なるほどね」

愛染は、そう言って口角を上げると、四本目の煙草を手に持った。聞いた話から、自分なりの推理がまとまったのか、真弓に視線を向けてくる。

真弓は固唾《かたず》を呑んで、身を乗り出した。

「やっぱりお前、東都伝統の七割男だったんだな」

「それ！　ここではまったく関係ない話ですから」

待ちに待った第一声がこれかと思うと、真弓は顔を真っ赤にして怒鳴った。

この場で「白衣を脱げ」と言われる覚悟で、真弓は手術のことまで含めてすべて話したのだ。

それなのに――――どうして、この男はこうなんだと激昂《げっこう》させられた。

ときおりチラリと見せる紳士な姿、尊敬できる医師の姿が、これではすべて台なしだ。勝手なようだが、真弓は事あるごとに愛染本人からいいイメージを壊されることにも腹が立った。

だが、真弓が怒鳴ったぐらいで愛染の顔色が変わるはずがない。彼は鼻で笑いながら、四本目の煙草に火をつけた。

「関係があったから、こんな面倒に巻き込まれてんじゃないのかよ。俺まで巻き込んで」

「それは、そうですけど。いや、そうとは限らないですよ！　これはあくまでも、思い当たるらってことだけで。俺は偶然だと思います」

「偶然ね。まあ、昔関係を持った男と塀内で出くわす奇跡に比べたら、無神経な奴が他人を階段から落として逃げるぐらいは日常茶飯事だもんな」

「でしょう」

「これでお前が、奇跡の延長みたいに、虎王組の連中やら虎王の友人だとかって奴にまでバッタリ会ってなければ、そう言って笑えたのにな」

「うっ」

真弓が息巻いたところで、所詮はこのあしらいだ。

しかも、どんなにふざけて見せようが、笑って話を躱《かわ》そうが、愛染の指摘は的確だ。

真弓は事あるごとにやり込められて、頬を膨らます。その顔を見て、勝ち誇った表情をする愛染が憎らしい。

「それでお前、昨夜の話は虎王にしたのか」

「いいえ。何も話してません。ただ、俺が何もしてないって信じなかったんだと思います。それで、あれこれ勘ぐって愛染先生にまで」

聞かれたことには答えたが、真弓はふてくされて顔を逸らした。

「まぁ、タイミングだけを考えたら、勘ぐらざるを得ないもんな。実際、お前は普段ならしないような行動を起こしたから、あいつらとバッティングした。それは確かだ。そういう意味で、虎王の勘だか読みは外れてない。虎王がその勘を生かして、あれこれ想像したら、いてもたってもいられないだろうしな」

「それって、柿崎殺しの真犯人が、組の中にいるからですか？」

紫煙に誘われるように、振り返る。

「それはわからない」

「わからない？」

「正直、偶然に偶然が重なりすぎていて、これという仮説を立てるのは危険な気がする。虎王にしたって、お前にちゃんとした被害者意識がないから、俺に話を振っただけかもしれない。こんなひき逃げまがいなことをされてるんだから、一応確認したほうがいい。裏を取ったほうが、今後安心だぞって意味でな」

ここでもまた衝撃的なことを言われて、真弓は「あ」と声を漏らした。

言われてみれば、虎王は一度納得した。真弓の言葉を信じたかどうかは別として、「しょうがねぇな」と真弓の話を受け入れた。

それにもかかわらず、彼が真弓の階段落ちに疑問を抱いたのは、真弓がぶつかってきた相手に対して無頓着《むとんちゃく》すぎたからだ。場合によっては、行きずりの他人を落としておいて、知らんぷりを決め込んだ相手に覚えた憤りを、愛染にぶつけただけという可能性も否めない。そうなれば、ここですべてを吐露してしまったのは真弓の失敗だ。もう、撤回もできない。

それでも、警察や和泉のところへ連れていかれるよりはマシかもしれないが、何にしても真弓は再びうなだれた。もう、どうにでもなれと言いたくなってきた。

しかし、すべてを話してしまった自分が、安堵しているのは確かだった。

それほど真弓が胸に抱き続けた違法行為への罪悪感は大きかった。そのためか、ここで愛染に裁かれること、白衣を剝奪《はくだつ》されることで、今よりもっと救われた気持ちになるかもしれないという期待まで起こり始めている。

真弓が東都大学医学部付属病院の廊下で目にした一枚の募集広告。今にして思えば、刑務医という立場に惹かれた一番の理由は、やはり自身の呵責《かしゃく》からだったのだろう。母親や虎王の思いに背中を押されてここまで来たが、それでも純粋に医師を目指した分だけ、「やはり自分は裁かれるべきだ」という思いが、真弓自身を刑務所の中へ導いたのだ。

真弓は、小さな溜息をついた。

隣では、愛染が伸びた煙草の灰を、灰皿に落としている。

「――ただ、どんな形や角度から裏を取るにしても、お前の近辺を徹底調査したら、いずれ二人の関係が浮き彫りになる。そこから無罪の話が暴かれる可能性もあるわけだから、そうとうな覚悟がなければ、俺に話は寄越せない。それでも寄越したってことは、あいつがそれだけお前の身を案じたってことだろう」

チラリと見た真弓に、微笑を浮かべてきた。

真弓は、愛染から「虎王に愛されているな」と言われた気がして、顔を赤らめた。

話が二転三転し、よくわからなくなってきたが、それでも虎王が真弓のために愛染を動かしたことは確かだ。この事実だけでも救いだ。真弓の顔に、自然と笑みが浮かぶ。

だが、真弓と視線を合わせた愛染は、なぜか煙草を力任せに揉み消した。

「なにせ、お前を狙ったのが柿崎殺しの真犯人なら、次は自分が狙われる可能性が大だ。はっきりさせておきたかったんだろうな、これから表に出る身としてはよ」

凶悪犯さながらの目つきで睨まれ、真弓の顔色が一変する。

結局虎王の言動は、全部保身のためかよ！　という衝撃的な現実もさることながら、愛染の怒りの矛先が自分に向けられている事実に、一瞬にして真っ青になった。

「ほんと、いい度胸だよな。お前ら二人揃って、俺をパシリにする気か」

手ぶらになった両手を向けると、愛染が真弓の頬を摘んで引っ張った。

本日二度目の体罰だ。

「ふぉれにそんらどひょうは、はりまへん」

そうでなくても身体中が痛いのに、真弓は愛染にまで睨まれ、凄まれ、目頭が熱くなる。

愛染は、自分がまんまと虎王に利用されたと感じて、ただただ腹立たしいのだろう。真弓の頬を三度も伸ばしてから手を放した。

『ちくしょうっ。俺が何したって言うんだよ！』

真弓にしてみれば、踏んだり蹴ったりもいいところだ。唇を尖らせながら、両の頬を左手だけで交互に摩《さす》る。

愛染はそれを見ながら失笑気味だ。シートに身体を戻して、両手を頭の後ろで組んで、伸びをした。

「――ま、なんにしたって。お前の階段落ちが偶然なのか故意なのか。こればかりは、犯人をとっ捕まえてみなければわからない。捜すしかないな」

「捜すって、どうやって？」

「プロの手を借りるしかないだろう」

「そんな！　警察沙汰《ざた》にしたくないから、全部話したのに。そんなことしたら、虎王はどうなるんですか！」

愛染が出した結論に、真弓は即噛みついた。

「別に警察とは言ってない。プロって言っただけだ」

愛染は知らん顔で、携帯電話を取り出した。どこにかけるのかと思いきや、二つ折りのそれを開いて、いきなり真弓にカメラのレンズ部分を向けてきた。

「ほら、依頼を出すから、右手を抱えて、ちょっと痛そうな顔しろ。しなかったら、ガチで泣かすぞ」

「⁉」

真弓には、愛染が何をしようとしているのか、さっぱりわからない。困惑するまま携帯電話で写真を撮られて、不安ばかりが増してくる。

「おお、いい具合だな。これならいける」

「何をする気ですか？」

愛染は撮った写真を見て、自分だけで納得していた。

そのまま携帯電話を操作し続け、メールでも打っているのだろうか？

やけに指の動きが速い。

「愛染先生！」

「東都ＯＢ専用掲示板に、記事をアップしただけだよ。今朝、通勤途中の駅で、突然階段から落とされて、こんなことになっちゃいました。どうしたら犯人を見つけられますかねって」

「なんですって⁉　なんで、そんなこと」

「お前らのために、これ以上俺があくせく動けるか。これで勝手に、犯人を捜してくれる奴が現れるんだから文句言うな。――――と、ほら見ろ。即レスだ」

まったく予想もできなかったことをされて、真弓は首を傾げるどころではない。愛染が携帯電話の画面を見せてくると、書き込まれたレスに目を凝《こ》らした。

「それは大変な目に遭いましたね。どこで何時頃のことなのか、ぜひ教えてください。協力します?」

あえて声に出して読み上げてみたが、それでもよくわからない。

「よかったな、こいつ現役の警視正だぞ。すぐにでもOB会で捜査チームを作って調べてくれるぞ。お前、顔だけはいいから、絶対に誰か食いつくと思ったんだ」

「それ、どういう意味ですか」

現状でわかることがあるとするなら、愛染が真弓を「顔だけの奴」だと思っていたことだろうか。警視正がどうこうと言われたところで、まったくピンとこない。

「お、弁護士からのレスもついたぞ。この分だと、ガッポリ慰謝料まで取ってもらえるな。おめでとう。これぞ東都の馬鹿みたいな結束力の賜物《たまもの》だ。ただし、見返りに身体を求められても、自分でどうにかしろよ。こいつらもタダでは実力行使しない、七割族だろうからな」

「――――」

愛染は、その後も引っ切りなしに書き込まれたレスを見ながら、不敵に笑った。

真弓はその顔を見ながら、苦笑しか浮かばなかった。

塀内では、羽織った黒衣ゆえに受刑者たちから「魔王」とあだ名されている愛染だが、そんなものはあってもなくても関係ない。むしろ、素に戻ったときの彼のほうが、とんでもないと確信したからだ。

『あれ、ちょっと待てよ。東都OB専用掲示板って、そもそもOB以外はアクセスできなかったんじゃなかったか？』

魔王は普段着でも魔王だった。それも今更怖くて履歴など確認できない、大魔王だった。

6

――偶然に偶然が重なりすぎていて、これという仮説を立てるのは危険な気がする。

そう言った愛染は、他のことは一切見ずに、どうして真弓が階段から落とされたのかだけに的を絞って調べ始めた。

真弓の写真で釣った現役の警察関係者。それもキャリアの大物たちと、その後は直に連絡を取り合い、勝手に捜査の手を広げていったのだ。

みんな公務の時間外でやってくれる。関係者以外に口外はしない。都合の悪いことには、目を瞑《つぶ》るのにも慣れた連中だから安心しろ――と、笑っていた。

それで本当に安心できる奴がいたらお目にかかりたいと、真弓は苦笑し続けた。

だったら、みんな公務外でもサービス残業に勤しめよ、そもそも都合の悪いことに目を瞑るなよと言いたいところだ。が、どうせ無駄な抵抗だろうことは、想像ができた。

きっと、これらすべてを「使えるもの」として受け入れなければ、現状は乗り切れない。

それに、これが自分だけのことなら、真弓も自決覚悟で和泉に泣きついた。こんな馬鹿なことはやめさせてくれと、これこそ東都の帝王に縋るところだ。

しかし、事故の偶然、故意には、虎王の安否もかかわっていた。

これが必然で、しかも理由が虎王の無実に関係しているのだとしたら、この先危険なのは虎王のほうだ。せめて、あの事故が偶然だったと証明された上での出所なら安心だが、そううまくはいかない。虎王の出所日は、真弓の事故から一週間後――――、いまだ真相が明らかにならないうちにやってきてきた。真弓は一刻も早く、階段落ちの事実を知るためにも、動いてくれているOBに捜査を委ねるしかなかったのだ。

『結局、あれから一度も医務室には来なかった。これってもう、二度と会う気はない。一生俺とは……そういうことだよな』

真弓が虎王の出所を知ったのは、彼が塀の外へと出たあとだった。

「先生！　お願いします!!」

通常ヤクザ幹部の出所ならば、組の者がずらりと正門前に迎えにくるなどの儀式があり、詳しい日時がわからなくても、職員たちのざわつきから察することができる。

だが、虎王は組の者には出所の知らせをしていなかったのか、そういった儀式は一切なかった。代わりに一般車とわかるベンツが一台迎えに来て、虎王は笑顔で車に乗り込んだ。とても穏やかで、いい旅立ちだったと虎王を見送った年配刑務官が教えてくれた。

「――――心室細動を起こしてるな。真弓、カウントを取れ！」

「はい」

「太田！　AED（自動体外式除細動器）を持ってこい」

「はい！」

朝から重篤《じゅうとく》患者に対応していた真弓には、わかりようもなかったことだ。

『一般車とわかるベンツ。きっと宝蔵院さんだな』

想像できたのは、友の帰りを一日千秋の思いで待ち侘《わ》びていただろう宝蔵院の笑顔。

だが、再会を喜ぶ虎王の顔は、想像したくなかった。

そして――――。

「お疲れさん」

「お疲れ様でした。今日も送っていただいて、ありがとうございました」

「どういたしまして」

どうにか足の捻挫だけは癒えた真弓は、この日も定時で上がって、アパートへ帰った。

愛染には一度、「もう大丈夫です」と送迎を断ったが、「事故の詳細がはっきりするまでは気が気じゃないから」と言われて、「それなら」と好意を受け続けていた。

今の真弓にできることなど、これ以上他人に迷惑をかけない。心配をかけない。それぐらいのことだ。

あとはせいぜい、感謝を形にする程度なのだが……。

「あの、愛染先生。お急ぎでなければ、たまには上がってコーヒーでもいかがですか」

「それって、俺を誘ってるのか？」

「は？　そんなわけないでしょう」

「なんだ、違うのか。一度ぐらい誘われてやってもいいかと思ったのに」

「――――」

「冗談だよ。じゃあ、またな」

真弓は愛染にからかわれて、ドキリとした。

一瞬自分の中に大きな感情の波が立ち、呑まれて引き込まれそうになったことに、反省が起こった。

『まいった』

愛染の車が去ると、真弓は重い足取りでアパートの階段を上った。

愛染に好意はあるが、恋心はない。それはわかっているのに一瞬だけ甘えたくなった。

人の温もりが恋しくなって、思い切り抱きしめ合いたくなった。

まるで胸に穴が開いたような大きな喪失感を、何かで埋めたいと心が騒いで、自分を見失いかけたのだ。

『愛染先生が本気だったら、また同じ過ちを繰り返してるところだな。結局俺は、虎王のときもこうだったのかもしれない。母さんを亡くした喪失感を、ただ……埋めたくて。それを恋だと錯覚した。錯覚したまま、重なる偶然を運命だと感じて――。全部、心の弱さが原因だ』

「よう。今の、逃した魚は大きいぞ。よかったのか」

「っ！」

部屋の前まで来ると、突然声をかけられてハッとした。

顔を上げると、出会ったときさながらに、漆黒のスーツに身を包んだ虎王が扉に寄りかかって立っていた。

足元には、いったい何時間待っていたのか、煙草の吸い殻がかなりある。

それを見ただけで、真弓の胸がギュッと締めつけられた。

「あいつも腹黒っちゃ腹黒だが、それでもれっきとした公務員で医師だ。一生の連れにするなら、あっちのほうが得だし安全パイだぞ」

真弓は、肩にかけていた荷物をその場に落とすと、言葉もないまま足早に駆け寄って抱きついた。固定された右手をもどかしく思いながらも、左手だけで力の限り虎王の身体を抱きしめる。その胸に顔を埋めた瞬間、涙が溢れて止まらなくなった。虎王の両手が、真弓の後頭部と背中に回ると、嗚咽さえ漏れる。

「――――馬鹿だな。ま、お前の馬鹿は今始まったことじゃないか」

困ったような、呆れたような。しかし、それ以上に嬉しそうな声が、真弓の恋心を刺激した。

「ただいま。そう言ってもいいのか」

改めて問いかけられると、力強く頷《うなず》いた。

一度や二度じゃ事足りず、三度も四度も頷いた。

「ただいま、智明。待たせて悪かったな。五年も」

どうしようもないほどしゃくり上げてしまうと、真弓はやっとの思いで「お帰り」と言った。

更にきつく抱きしめた。

「とら…おっ…っ」

今この瞬間に満たされた自分の思いに、特別な理由や理屈はいらなかった。

虎王がここへ戻ってきた。それだけでよかった。

鍵を開けて、扉を開くことさえもどかしいと感じたのは初めてのことだった。

虎王は部屋の中へ招かれると、待ちかねたように真弓を抱きしめ、唇を押し当ててきた。

「っ……っ」

真弓は喜び勇んで、それに応じた。

角度を変えながら、何度も唇を吸い合い、呼吸を一つにした。

「虎王っ」

頬を、髪を撫でられる心地よさから、自然と瞼を閉じる。もっと愛されたいと強請《ねだ》る真弓の身体を横抱きし、虎王は迷うことなく玄関から寝室へ進んだ。

その間さえ、何度となく唇を吸い合った。

「まるで変わってないな、この部屋。少しは稼げるようになったんじゃないのか」

真弓をベッドへ腰かけさせると、虎王は先に自分のスーツに手をかけた。勢いよく上着を脱いで、ネクタイを外して、シャツの前を開く。

それを下から見上げているだけで、真弓はどこからともなく湧き起こる欲情を感じた。一秒ごとに淫《みだ》らな気持ちになっていくのが、自分でもわかる。

「少しはな。けど、まともに稼げるようになるのなんて、まだ先だよ。もっと勉強して、実践積んで――――。愛染先生ぐらいまでいかないと」

「そうなのか」

徐々に虎王の肌が晒された。以前よりも痩《や》せて引き締まった身体の腹部には、今もくっきりと手術の痕が残っていた。それを目にすると、真弓は自由な左手を伸ばした。指の先でケロイド状の痕に触れると、目を細める。

高まり続けた欲情が、罪悪感で圧《お》され始めた。それに気づいたのか、虎王が真弓の手をギュッと摑んでくる。

「なんだ。してくれるのか？」

「え」

驚く間もなく、真弓はその手を股間へ導かれた。

今触れた傷に覚えた罪悪感が、一瞬にして吹き飛んだ。

真弓は虎王に誘導されて、ズボンの上から虎王自身を確認させられる。

掌で撫でていると、それはすぐに硬く大きく変化した。真弓からの愛撫を悦ぶ姿を見て、触れて感じられるところが嬉しかった。真弓は、もっとそれが見たくて、撫で摩《さす》った。

「――――いい感じだ」

わざとらしいセリフに、真弓の体温が一気に上がった。

虎王はベルトを外して前を寛げ、今度は直に触れろと合図してきた。真弓の鼓動は更に激しさを増す。

「できるか？」

「咥えるだけだろう」

虎王の下着をずらすと、形を成したペニスに威嚇されながらも誘発されて、真弓は顔を近づけた。そっぽを向いているようにも見える欲望を根元から摑んで、亀頭を自分の口元に向ける。

気持ちのどこかに存在する躊躇《ためら》いを振り切り瞼を閉じる。真弓は思い切って唇を押し当てると、キスをした。

触れた瞬間、真弓は自分にはない雄の匂いを感じて、身を震わせた。

身体の中心が一気に熱くなり、「あ」と声が漏れそうになって、それをペニスの先で塞いだ。

「……ん」

一度口内に含んでしまうと、あったはずの躊躇いが消えた。

真弓はたどたどしくもそれを頬張り、賢明に口を動かしてみた。

濡《ぬ》れた舌を絡めて、夢中でしゃぶる。すると、虎王が真弓の手に手を重ねて、更に誘導してきた。

「どうせやるなら、ちゃんと覚えろよ。根元から――そう、もっと舌を使え」

真弓は教えられるまま、根元の裏からなめ上げる。

虎王の脈を感じて、真弓自身まで共鳴してくる。

ふいに瞼を開いて、現実を目にした。いやらしすぎて眩暈《めまい》がしそうだった。

それなのに、身体が愉悦で震えてどうしようもない。

「そこ、いい感じだ」

虎王が嬉しそうに真弓の頬を撫で、外耳を指の腹でなぞった。

真弓が肩をすくめて、ぶるりと背筋を震わせた。

「弄るなよ。ちゃんとできない」

「これ以上ちゃんとやられたら、出しちまうって」

虎王はなおも、真弓の弱いところを撫で弄る。

「別に、出せばいいじゃないか。どうせ、他の奴とはＡＶみたいなこともしてたんだろう」

「ひどい誤解だな」

「なら、してないのかよ」

「――――いや。汚れた奴を汚すのに遠慮はいらないからな」

外耳から耳たぶをなぞった指の先を、耳の中へ入れられ、いっそう大きく身を震わせる。

その瞬間、「ひゃっ」と声が上がって、恥ずかしくなった。

真弓は虎王を見上げて、唇を尖らせる。

「俺だって、もう汚れてるよ。虎王にならなら汚されたい。めちゃくちゃにされてもいいって思ってるところで、泥塗《まみ》れだ」

文句を言いながらも、真弓は愛おしげに虎王自身や下腹部を撫で続けた。

こんなときでさえ、彼のどこかに触れていたいと思う自分が不思議でならない。

「どうして、なんでこんなにって思うけど。でも、もう理屈じゃないんだ。ただ、好きで。ただ、離れたくない。それだけなんだ。堕ちたほうが負けって、こういうことなんだろう」

再び虎王自身を口に含もうとして、肩を押された。

「だとしたら、先に負けたのは俺のほうだ」

虎王は真弓の右手の怪我に触らないよう、ベッドへ横たえる。

ゆるめのジーンズに手をかけ、下着ごと脱がすと、恥ずかしげに腿を合わせた脚を開いて、付け根に顔を埋めた。

「こうやって乱れた顔もいいが、俺の腹を真剣に弄ってたお前の目は、俺がこの世で見てきたものの中で、一番綺麗だった」

わざと敏感な部分をよけて、虎王の唇が下腹部を這い上がった。

舌の先で臍《へそ》の中まで悪戯されて、下肢がぴくぴく弾んだ。

「正義と怯《おび》えが混在していて、これ以上ないほど正直な心が映し出されていて。世の中にはこんな人間もいるんだなって、感じたのをはっきりと覚えてる」

愛撫が腹筋を上るにつれて、虎王は真弓の上着にも手をかけた。

夏らしいコットンシャツのボタンを外すと、つり包帯を外してから脱がせてしまう。

そうして真弓の身体から衣類をすべて剝《は》いで、ベッド下に落とした。

「それで堕ちちゃうんなら、病院へ連れていかなくて正解だった」

「ん？」

「俺が知ってる医師たちは、もっとキラキラした目をしてる。俺が焦がれるぐらい。だから」

真弓が焦れて片手を伸ばすと、虎王も自身に残った衣類をすべて脱ぎ捨て、肌を重ねてくる。

「そうか。まぁ、かといって、さすがに目だけじゃ、ここまでしたくなるかどうかは、自信がないけどな」

「んっ……ん」

身体中が密着したままキスを交わすと、それだけで真弓は悦びから身悶えた。

両腕を虎王の肩にかけられないもどかしさの分だけ、片手で肩を、二の腕を、背中を探って、自分が一人ではないことを実感する。

「俺にもそれなりに好みってもんがある」

「んんっ――――っ」

そうするうちに、虎王の利き手が下肢へ伸び、愛撫を待ち侘びていたペニスを包んだ。

「いっ……」

ゆっくりと擦り上げられ、真弓の呼吸が更に色めき、乱れていく。

同時に幾度もキスをされて、真弓は心地よく絶頂まで押し上げられた。

「ぁ――――んっ」

虎王の手中で弾けて、白濁を放つ。

それを掌に絡めて、なおも扱かれ、真弓は虎王の肩越しに顔を埋めた。

自分からも、彼の首筋に口づけ、甘噛みをした。それが嬉しかったのだろう、虎王も同じように返してくると、外耳を甘噛みしてからポツリと言った。

「智明。好きだ」

「――」

真弓の動きが止まった。

「どうした？」

「なんか、ちゃんと言ってもらったの、初めてな気する」

声を震わせながら、虎王の顔を覗き込んだ。

「そうだったか？」

「そうだよ。絶対にそうだ」

ムキになって主張した。

だが、そうと思わせる言葉はいくつも聞いたが、「好きだ」と言われたのはこれが初めてだ。

真弓は今一度虎王に抱きつくと、「もっと言って」と強請《ねだ》った。

「愛してるも聞きたい。もう離れないって、それも言って――んっ」

それだけじゃ足りない。他にも聞きたい。あれもこれも欲しがる真弓の口を、とうとう虎王が唇で塞いだ。

「んんっ」

激しく舌を絡められても、真弓は「もっと」と強請《ねだ》り続けていた。

「それで泣けるって、安いな、お前」

息も絶え絶えになりそうなキスのあと、虎王が困ったように言った。

「ヤクザには、似合いだろう」

「どうだかな」

むくれた真弓の下肢に再び手を伸ばすと、濡れた利き手で今度は真弓の秘所を探った。

「んっ、ぁっ……っ」

堅く閉じた蕾をこじ開け、指の先が入り込む。

「ぁ、そこっ」

誘うような、拒むような収縮を繰り返す真弓の中を、掻いて探って責め立てる。

それだけでも、真弓は声を上げて下肢をゆすった。

「やばいって……、またイくからっ——も、早くっ」

もっと触ってほしい。だが、それ以上に早く一つになりたいと訴え、虎王の背中を何度も掻いた。

「智明」

虎王は、真弓の中から指を引き抜き、代わりに憤る自身を押し当ててきた。

「好きだ、智明。愛してる」

静かに自身を沈めながら、真弓の身体の中にも心の中にも深々と踏み込んでくる。

「もう、離れないし、離さないから、覚悟しておけよ」

「ぁっ————っ」

一気に奥まで突かれて、真弓は悦びと苦痛に喘いで、身をのけぞらせた。

虎王が中を行き来するたび、背中に爪《つめ》を立てて、彼のすべてを受け止めようとした。

「虎王っ……っ。虎王」

真弓を愛おしげに抱きながら、虎王がふと話し始めたのは深夜になってからだった。

「親父だよ。柿崎組長を殺《や》ったのは、その前の組長だった俺の親父だ」

迷いに迷った末の告白のようだった。

虎王は驚く真弓に、複雑そうな笑みを浮かべてみせた。

「うちには、柿崎の前にも室崎《むろさき》っていう大馬鹿な幹部がいたんだ。こいつが薬に手を出し、他組のシマにばら撒《ま》いて、荒稼ぎ。そのせいで、当時虎王組は所属している四神会どころか関東極道の中でも信用が失墜し、身の置き場がなくなった。特に鳳山《ほうやま》組の組長には多大な被害を与えて、戦争寸前だ。それを避けるために、親父は室崎を破門にして、ヒットマンを飛ばした。結果的には、警察に逮捕されちまったんだが――。それでもけじめをつけて、組長の座からも退くことで、ひとまずは事を収めた。ところが、あとを任せた柿崎が、異常に俺を警戒した。別に、俺は取って代わろうなんて思ってないのに、疑心暗鬼に取り憑かれたんだろうな。やたらに俺を敵視し、追い回した。その結果が、この腹だ」

話は五年前どころか、それ以前からのものだった。

ネットの記事だけではわからなかった内部抗争の内容が、少しだが真弓に説明される。

「親父は、それを知って、柿崎を呼び出した。一応、息子同様目をかけてきた舎弟《しやてい》でもあったから、本当に柿崎が俺を殺ったのか、直に確認しようとして――あとは、なりゆきだ」

「だから、お父さんの代わりに、虎王が?」

「親父は、当時癌《がん》が見つかったばかりだった。だが、ちゃんと治療すれば、まだ生きられる。それがわかってて、ムショ送りにはしたくなかった。だから、これから自首するって連絡が来たときに、俺が待てってて止めた。慌ててここを飛び出して、代わりに自首した。ヤクザと言えども人の子だ。うちは母親が早くに死んでるから、親父には少しでも長生きしてほしかったんだ」

真弓は虎王の言葉を、一言一句聞き逃さないよう、耳を傾けた。

虎王が柿崎殺しを背負った理由。これは、おそらく真弓の怪我がなければ、一生明かされなかった。虎王が墓場まで持っていっただろう、父子だけが知っていればいい理由だ。

「ただ、そうまでして、あとを任せたはずだったが、俺の留守に組長になった坂之下《さかのした》って奴が、また馬鹿だった。親父が生きてる間は目を光らせていたようだが、死んだ途端に大暴走だ。見かねた冨士がとうとう四神会の兄弟を頼って、力ずくで坂之下を退陣させた。それで、俺が出てくるまでの間、冨士が組長代行になって今に至るだ。お前、そういや、もう会ったんだろう。冨士や千影に」

真弓が大筋で納得したところで、今度はチクリと責められた。

虎王がここへ来る前に宝蔵院と一緒だったことは、真弓にも察しがついている。

もう、ごまかしはきかない。

「ごめんなさい」

「いや、いい。俺がちゃんと話せばよかっただけだ。そうすれば、あんなところへ出向いて、こんな怪我をしなくてすんだ。お前はもともとの捻挫のせいで、踏みとどまれなかった。それで階段から落ちたって話も、ちゃんと信じられたんだ」

素直に謝罪した真弓を、虎王はギュッと抱きしめてきた。

宝蔵院から事故前夜のことを聞き、虎王は階段落ちが偶然だったと判断したようだ。

しかし、これはこれで気になる。真弓は、あと一歩彼の内心へ踏み込んだ。

「でも、虎王は疑ってたよな。俺が誰かに襲われたんじゃないかって。それって、どうしてだったんだよ？　組の誰かが、虎王のアリバイのために——そう思ったんじゃないのかよ」

「いや。そういうことじゃない。お前が虎王組そのものに興味を持って、周りをウロウロすることが怖かったんだ。今も話したように、うちの組は過去にいろいろありすぎて、恨みを持ってる人間が山ほどいる。敵が多い。お前が虎王組とかかわっていると知れただけで、誰が敵意を向けるかわからない怖さがあった」

虎王は溜息を漏らすと、苦笑した。

「うちの連中にしたってそうだ。そういう緊張感の中で、何年も過ごしてきた。そこに、お前が俺のことで何か調べようなんて首を突っ込んだら、どっかの組の回し者だって勘違いされかねない。それこそ冨士がお前の顔を知らなければ、偶然会ったそのあとだって、どうなっていたかわからなかったはずだ。そうだろう」

これはもう、アリバイがどうこうという話ではなかった。確かにきちんと説明されれば、虎王が心配した意味はわかる。

愛染の「偶然に偶然が重なりすぎていて、仮説を立てるのは危険だ」という判断も正しい。

これで、下手に虎王組の人間を疑って捜査などしたら、余計に疑心暗鬼を招いていた。

更にややこしくなって、起こさなくていい争いまで起こしていたかもしれない。

「何かがあってからじゃ遅い。塀内にいる俺じゃ、何もできない。だから心配した。それなのに、お前は——」

「ごめん。ごめんなさい」

真弓は、反省を込めて、今一度謝った。

「わかればいい。いや、わかってもらえればいい」

これで自分の階段落ちも偶然だとわかった。あとは愛染に「もう大丈夫です」と言って、送り迎えのお礼をするだけだ。「ありがとうございました」と感謝を込めて。

ただ、そんな安堵に真弓が心から浸ったときだった。

虎王は真弓の頭を、どこか躊躇いがちに抱えてきた。

「あと、明日から、またしばらく会えなくなる」

「どうして——。さっき、ただいまって言ったのに」

いきなりの話に驚き、真弓は身を起こした。

虎王は横になったまま、真弓を見上げてくる。

「ほんの少しだ。冨士や組の連中に、腹を割って相談してくる。今後は組を改名して、冨士を頭に継続するか、いっそ解散するかって」

「虎王?」

突然すぎる話ばかりが続いて、真弓は混乱する一方だ。

しかし、そんな真弓の手を取ると、虎王はギュッと握ってきた。思えば彼は、何かのときには、いつもこうして手を取ってくれる。

「一度は死んだと思われた俺だ。本当は五年前、お前を抱いたときには決めていた」

それにしたって、真弓は目を丸くするばかりで、返す言葉がない。

虎王が自分のために――本当だろうか?

「お前は、俺が離れるとか消えるとかやり逃げだとかって思ってたみたいだが、俺はそんなこと一度だって言ってないし、考えてもいない。ただ、ヤクザのまんま、それもこんな物騒な組の幹部のまんま、お前と一緒にはいられない。それだけはわかっていたから、どうするべきか迷っていた。どういう形でけじめをつけるのが一番なのか――答えを告げる前に、ムショに入っちまったから、俺が悪いっちゃ悪いんだけどな」

この言葉を、信じていいのだろうか?

仮に信じたとして、虎王にこんな選択をさせていいのだろうか?

真弓は迷いばかりが増えていく。

「だから、あと少しだけ時間をくれ。お前だけの俺になるために」

それでも虎王は、真弓の傍にいると言った。これからも離れないし、離さないと言った。

真弓は、この先何がどうなったとしても、傍にさえいられるならと虎王の手を握り返した。

これからは縋るばかり、甘えるばかりではなく、自分も虎王の支えにならなくては…と。

「虎王」

真弓が改めてキスをしようとしたら、虎王が頬を撫でてきた。

「お前は俺のために、ヤクザになってもいいって言ってくれた。今度は俺が返す番だ。俺はお前のためなら――――と、なんだよ、こんな時間に。あいつも気が利かねぇな」

まるで虎王の言葉を阻むように、携帯電話が鳴った。

虎王は照れ隠しのように真弓から離れて、ベッド下に落とした衣類を探る。

虎王が「あいつ」と漏らしたところで、真弓は電話の相手が宝蔵院だとわかった。自然と唇を噛んでしまったのは、こんなときでさえ虎王が彼を笑って受け入れるからだろうか？

「どうした、千影」

電話を受けた虎王の顔は、見る間にその表情を変えていった。

どうしたのかと思い、真弓も心配になって身を乗り出す。

すると、虎王は「わかった」と言って通話を切った。

「組屋敷が襲撃されて、冨士が重傷だ。塀内から、俺の放免が漏れてたのかもしれない。とにかく、行ってくる」

そう言ってベッドを下りると、衣類を身に着け、部屋を出ていった。

真弓には、必ず連絡をするからついてくるな。ここで待っていろよと、念を押していった。

とはいえ、真弓はいてもたってもいられなかった。

「冨士代行……。どこに運ばれたんだろう」

こんなことなら、組屋敷がどこにあるのかを確認しておけばよかったと思う。

まさか、今夜まで病院の受け入れ拒否が続くとは信じがたいが、搬送範囲によっては、それも定かではない。

真弓は、せめて医師として何かできないのか、考えながら衣類を身に着けた。

片手作業がもどかしくて、つり包帯をする気になれない。

だが、部屋のインターホンが鳴ったのは、こんなときだった。

「はい？」

虎王が何か忘れ物でもしたのだろうか。

そんなはずはない。足元には、何も落ちてない。

真弓は、普段なら考えられない深夜の訪問者に警戒した。そして扉を開けることなく、先に表に問いかける。

「どちら様ですか」

すると、今度は玄関横のシンクの窓をコンコンと叩かれた。

「夜分に、ごめん。私だ。宝蔵院だ。虎王から君が心配だからと言われて」

それは確かに聞き覚えのある声であり、口調だった。

真弓は窓を少しだけ開いて、相手を確認した。普段ならこんなことはしないが、そうとう真弓も用心深くなっていた。

「宝蔵院さん」

それだけに、窓の隙間《すきま》から宝蔵院の姿が確認できるとホッとした。

真弓は安心して扉を開くことができた。

「――――っ！」

しかし、彼の笑顔を瞳に映した瞬間、真弓は腹部から全身が一気に痺れて、その場に倒れた。

「本当に、虎王が心配する理由がよくわかるよ。君は、不用心で馬鹿すぎる」

手にしたスタンガンを上着のポケットにしまう。

宝蔵院は、ショックで意識を失くした真弓の身体を抱き上げると、その場から静かに連れ去った。


あれはいったいなんだったのだろうか。まるで感電したようだった。

宝蔵院がスタンガンを向けるなど考えもよらなかった真弓は、意識が戻ってきても、しばらく状況が把握できなかった。

だが、ガソリンの臭いが鼻を突き、瞼を開いたときには見たこともない荷物が所々に積まれた倉庫の中にいた。

両腕は、ギプスがはまった腕を庇うような形で交差されて、身体ごとガムテープでグルグル巻きにされている。両足も揃えて、足首で同じように巻かれているので、まったく身動きが取れない。

真弓は、慌てて目を凝らして周りを見た。

すると、数メートル先の地面に、ガソリンの撒かれた跡があった。それを追っていくと、ポリタンクの中身を撒き終えた男の姿が確認できた。

つい先ほど目にしたばかりのスーツ、宝蔵院だ。

「宝蔵院さん？　何してるんですか？　やめてください、これ、どういうことですか！」

真弓は信じられない気持ちで、身体をゆすった。

宝蔵院は、空になったポリタンクをその場に置くと、代わりに上着のポケットの中から、スタンガンを取り出した。

スイッチを入れるとバチバチと放電するそれに、真弓は全身が硬直した。

「やめてください！　それ、しまってください！　引火したらどうするんですか！」

「焼け死ぬだけだよ。君が」

普段と変わらぬ笑顔で言われて、真弓は背筋が凍りついた。

「宝蔵院さん……」

「まぁ、私も多少の火傷《やけど》ぐらいは負うか。そうでないと、一緒に捕まったっていう言い訳が利かないからね」

こんなときに顔色一つ、表情一つ普段と変えない人間がいることが、真弓は一番怖かった。

彼は、他人を危険に晒し、脅《おびや》かしている自覚があるのだろうか？

それより、一歩違えば自分だって焼け死ぬのだ。そんな環境に身を置いているにもかかわらず、宝蔵院の笑顔は先日会ったときのままだ。

虎王が、真弓が好きだと言った笑顔とまったく変わらないのだ。

「どうして…。まさか、あなたが柿崎殺しを？　もしかして、俺を階段から落としたのも、あなたですか！」

真弓が、彼からこんな仕打ちを受ける理由は、一つしか思い当たらなかった。

だが、だとしたら、つい先ほど寝物語に聞いた虎王の話はなんだったのだろうか？

虎王は真弓に嘘をついてまで、宝蔵院を庇った？

真弓が一生宝蔵院を疑うことがないよう、死んだ父親に罪を着せてまで、あんな大嘘をついたというのだろうか？

この男のためだけに？

「君は何も知らなくていい。翼にそう言われなかった？」

打ちひしがれる真弓に向かって、宝蔵院は勝ち誇ったようになおも笑った。

――――やっぱり！

真弓は確信した。

あまりにさまざまな感情を含んだ衝撃が大きすぎて、何が何だかわからない。

だが、今はそれより逃げることが先だ。ここから、彼から、脱出するのが最優先だということだけは、本能が教えてくれる。

真弓は、拘束された身体を起こして、どうにか逃げようと試みた。

しかし、うまく立てないまま、尻であとずさる。

迫りくる宝蔵院から逃れようと、懸命にそれを繰り返すも、背中が荷物にぶつかった。

「大丈夫。さすがに意識は失くしてあげるし、先に一酸化炭素中毒で逝けるように、火からできるだけ離してあげげた。これなら、さほど苦しまないだろう」

「やめろっ、やめろっ、やめてくれっっっ」

逃げ場を失くした真弓の前に、スタンガンを掲げて見せる宝蔵院が立ちはだかる。

次に意識を失くしたら、おしまいだ。真弓は力の限り悲鳴を上げることしかできなかった。

すると、

「やめろ！　千影」

声が響くと同時に鈍い銃声が響き、宝蔵院の手からスタンガンが飛んだ。

「――――っ」

驚いて振り返る。銃を持っていたのは、虎王だった。

だが、その背後には愛染がいた。二人が二人して、息を荒くしている。

どこからか駆けつけてくれたのだろうが、なぜ二人一緒なのか真弓にもわからない。

「なぜここが――――」

これには宝蔵院も顔を歪めた。

真弓は二人が現れたことより、なぜかここで宝蔵院が顔色を変えたことに安堵を覚えた。

それほど、表情を変えない彼が一番怖かった。

不気味以外の何物でもなかったということだろうが、そんな宝蔵院に、手持ちの携帯電話を向けたのは愛染だ。

「超小型のＧＰＳ発信機。真弓の階段落ちが偶然なのか故意なのかわかるまでの間と思って、俺がギプスに仕込んでおいたんだ。用心って大事だな」

「そんなものを⁉」

これには宝蔵院同様、真弓も驚いていた。確かにこの一週間、こまめに湿布を取り換え、ギプスをセットしてくれたのは愛染だった。

しかし、真弓にはそんなものが仕込まれた覚えはまったくない。本人が気づいてないのだ。これでは周りも気づきようがない。

顔色を変えた宝蔵院を見て、勝ち誇ったように愛染が笑う。

「――調べが甘かったみたいだな。直に手を出したのは、失敗だったぞ。そいつ、大学時代はかなりの人気者だったらしい。階段落ちの犯人捜しのために、まさか科警研だの科捜研まで協力してくれるなんて、俺でも考えなかったよ」

してやったりと言いたげに、携帯電話を操作すると画像を呼び出し、宝蔵院に向けた。

「これは、駅の防犯カメラに残っていた記録から、プロが解析したものだ。それっぽく変装してるが、間違いなくお前だ。行動そのものは、故意か偶然かギリギリのように見せているが、目はごまかせない。こいつは確信犯の目だ。完全に真弓を標的として捕らえてる」

どうやら愛染が駆けつけたのは、階段落ちが故意によるものだとはっきりしたからだったのだろう。

虎王の表情が苦々しい。

この顔を見る限り、真弓は自分が虎王に騙されたのではないことがわかった。

虎王が宝蔵院に騙されていたのだ。

「けど、まあ、これはまだ仕方ないのか？　いきなり虎王の命の恩人、無罪を証明できる真弓と出くわした。それも塀内ですでに虎王と再会してるとなったら、いてもたってもいられないもんな。どんなに虎王が口を割ることはない、自分からお前の身代わりだったと告白することはないとわかっていても、真弓の口は別物だ。虎王の釈放はさておき、自分の時効のことまで考えたら、始末しておくに限るもんな」

愛染の追及に唇を噛んだ宝蔵院に、虎王が歩み寄っていく。

手には銃を持っているが、真弓は虎王が宝蔵院を撃てるとは思えなかった。

きっと宝蔵院もそう思っているのだろう。この状況に置かれても、彼は十分な冷静さを保っている。

「どうしてお前が、こんな真似をしてるんだ。俺があれほど大丈夫だって念押ししただろう。智明には、親父がやったことにしておくから心配はない。これで一生気づかれることはない。それなのに、何がそんなに不安だったんだ。そんなに俺が信じられなかったのか」

虎王の悲痛な叫びが、真弓の胸を打った。

しかし、宝蔵院は慣れた手つきでスーツの懐から銃を抜いて真弓に向けた。

銃口が、汗ばんだこめかみを掠《かす》った。

「信じられるわけないだろう。こんなガキに現《うつつ》を抜かして、自分の本性さえ見失っている犬のことなんか。何が、もうヤクザは辞めるだ？　こいつのために、足を洗いたいだ？　落ち着いたら、私とも堂々と会える？　馬鹿言えよ。唯一の肩書さえ失くしたお前に、なんの価値があるんだ。私の足元に跪《ひざまず》く価値さえないだろうに」

「――――」

宝蔵院の放った言葉が、銃弾以上の威力を持って、虎王の胸に撃ち込まれる。

真弓は両目を見開き、ただただ驚愕するまま宝蔵院の顔を見続けた。

「初めから、いつか利用できると思ったから近づいたんだ。ヤクザなら金で動かせる。組の幹部や長なら、多少の捨て駒《ごま》も持っているだろうし。私がいずれ〝千《せん》の影《かげ》〟から解き放たれるためには、綺麗事ではすまされない。絶対の成功を収めるためには、悪事に手を染める必要も出てくるだろうから、そのときに大いに活躍してもらおうと思って、お前という犬を手なずけたに過ぎないよ」

本当に、これが宝蔵院の本心なのだろうか？

一日千秋の思いで帰りを待っていると言ったあの言葉が、偽りなのだろうか？

「それなのに、お前ほど使えない犬は、他にはいないよな。ヤクザのくせに、争いは好まない。血を見るのも嫌いだ。いつまで経っても甘いことばかり言ってるから、上へ行けないんだ。関東連合どころか四神会さえ制圧できない、役立たずなんだ」

真弓は、自分でさえ信じられずにいるのだから、虎王が信じられるはずがないと思った。

そうでなければ宝蔵院の嘘は、嘘の域を超えている。いくらなんでも、出会ったときから二十年もの間、こんな気持ちで笑い合えるはずがない！

真弓は、今だけは虎王の顔ではなく、宝蔵院の顔を見続けた。

それは愛染も同じだった。

彼もまた、虎王の背後から、宝蔵院の一挙一動を逃すことなく見続けている。

「少しは奮起させてやろうと思って、室崎に暴れる資金をくれてやったのに。それさえ押さえに行ったのは親父のほうで、お前じゃない。お前は、他組に迷惑をかけたからどうこうって頭を下げに歩き回るばかりだ。だからといって、柿崎を煽れば抵抗もせずに撃たれて、死にかける。だったらいっそ死んじまえばよかったのに、こんなガキに拾われて――――。あの日の夜だってそうだ。ようやく居場所を突き止めて、人がわざわざ迎えに行ってやったにもかかわらず、お前はガキと絡んで夢中だった」

宝蔵院は、まるでこれまでため込んでいた不平不満を、ここぞとばかりに吐き出しているようだった。

彼の憤りを聞くうちに、真弓はふと、先ほど訪ねてきたときの宝蔵院を思い起こした。

コンコン――――。

彼は自分を確認させる手段として、シンク前の窓をノックしてきた。

そして五年前のあの日、あの夜、真弓は確かに一度ベッドを抜けてシンクに立った。

身体が熱くて、心も熱くて、冷えたビールが欲しいと虎王が言った。

そんな買い置きはないからと、真弓が氷水を用意しに行ったのだ。

〝智明〟

〝なんだよ。向こうで待ってろよ――――ぁ〟

虎王は、片時も離したくないと言って、背後から抱きしめてきた。

真弓は嬉しいような恥ずかしいような気持ちで、そのまま身を委ねて口づけた。

湧き起こる愉悦に夢中だったのは、真弓も虎王も同じだ。

表に誰かがいたなどと、気づくわけもない。

しかし、もしそこに宝蔵院がいたとしたら？

〝お好きなんですね。虎王…さんのこと〟

〝そりゃあね〟

もし真弓が、宝蔵院の立場だったら？

〝君も翼のことが好きなの？〟

答えは一つだ。ただ、一つだ。

真弓は今一度目を見開いて、宝蔵院の顔を見た。

「さすがに馬鹿馬鹿しくもなるだろう。少しは頭を冷やしてやりたくなるだろう。たとえ交尾中の犬に何をしたって無駄だとわかっていても、冷水ぐらいは浴びせてやりたくなる。飼い主としてはな」

宝蔵院はうっすらとした笑みを浮かべ続けていた。

「千影……。お前、まさか、わざとだったのか？　柿崎に襲われて、揉み合ううちに殺ったって。

あれ自体が嘘だったのか」

「お前がどこまで忠犬なのか、試したかったんだよ。いろいろ考えたが、柿崎が一番妥当だった。あいつは、油断すると噛みつくだけの力があったからな、お前と違って」

「千影っ！」

「来るな！」

虎王がどれほど悲憤に満ちた声を上げようが、怒声を上げようが、その顔には笑みだけを浮かべ続けて、真弓に銃口を向け続けていた。

「やめろっ。智明には手を出すな！　お前が憎いのは俺だろう。何に対してもお前の思いどおりには動かなかった、俺だけのはずだ」

虎王が一歩、また一歩と近づきながら、宝蔵院だけを見つめている。

「殺るなら俺を殺ればいい。だが、必ず俺もお前を殺る。ようは、俺が悪かったんだもんな。お前を甘やかしすぎた。極道の本性を見せずに、いい顔だけで付き合った。最初に俺はこういう奴だ、裏切れば命はないって教えておいてやるべきだった。そうだろう」

今の虎王には、真弓の姿さえ見えていない。

宝蔵院の意識を、憎しみのすべてを、自分だけに向けたいがゆえに、殺意さえ抱いて宝蔵院だけを見続けている。

「ふっ。何を今更。腑抜《ふぬ》けヤクザの分際で。殺れるものなら殺ってみろ。お前にその度胸があるなら、喜んで撃たれてやる。やっと噛める犬になったとな！」

宝蔵院は、嬉しそうに銃口を虎王に向けた。

虎王も同時に構えて、銃を持つ手に力を込めた。

その瞬間、真弓は確信を持って、力いっぱい叫んだ。

「やめろ、虎王っ！　殺ったら、そいつの思うがままだ。宝蔵院が憎いのは俺であって、お前じゃない！　こいつはただ、俺からお前を取り戻したいだけだっ」

虎王がピクリと全身を震わせた。

銃口を虎王に向けたまま、宝蔵院は真弓に対して吐き捨てる。

「そんなに殺されたいのか、お前は」

ようやく真弓は笑えた。

それは、明らかに宝蔵院への嘲笑《ちょうしょう》だった。

「ああ。言いたいことだけ言わせてもらったら、死んでやってもいいよ。虎王に一番愛された男として。お前にだけは、絶対に無理心中なんかさせない。一緒にあの世になんか逝かせてやらない。自分の中にある愛も嫉妬も素直に受け入れられない男になんて、死んでも虎王はやらない。それこそ嫉妬で狂い死にしかねないからな！」

「何を言ってるんだ」

宝蔵院の顔から再び笑みが消える。

銃口は虎王に向いているが、憤りは徐々に真弓に向き始めている。

「今のが演技なのか本気なのか知らないけど、心から好きだって認められないって、口にできないって可哀想だよな。それだけのエネルギー、正しい形で虎王にぶつけていたら、案外相思相愛になれたと思うぞ。なにせ、こいつが塀内で手を出した刑務官、あんたとそう変わらないタイプだった。ようはやるだけなら、なんでもいいんだよ、こいつの場合。そこに情が生まれるかどうかは外見じゃない。中身の問題ってことだ。あんたほどの信頼があったら、いつでも友愛から恋愛になったってことだよ。多分な！」

真弓は宝蔵院の本心を暴きたくて、思いつくままに言葉を発した。

自分が覚えた彼への嫉妬――――。

これればかりは、どうしようもないとわかっているのに、消すことができなかった疎外感。

それを、今度は彼から自分に向けられたものとして、置き換えてみたのだ。

「俺が見た、聞いた限りとはいえ、あんたそうとう用意周到だ。用心深くて、勘ぐり深くて、一番近くにいた虎王がこの騙されっぷりだ。おそらく、俺にさえ出会わなければ、一生ばっくれられた。裏で虎王組の幹部を操っていたことも、柿崎殺しも、何もかもだ」

すると、おのずと見えてきたのは、宝蔵院がたった一つの感情に振り回されて、我を忘れている瞬間があるということだった。

「けど、俺に。いや…、直に柿崎に手を出したところで、気づくべきだったんだ。いくらだって金で動かせる奴らがいた。今夜だってきっと、他の組の奴らに冨士代行たちを襲撃させたにもかかわらず、あんたが直接動いて手を汚した原動力は、ただの嫉妬だって。虎王とイチャイチャしていた俺が憎らしくて、羨ましくて。柿崎殺しは、俺から虎王を取り戻したかっただけだ。虎王がいざというとき、俺と自分のどちらを選ぶか、ただ確かめたかっただけだろう」

五年前も、そして今も、宝蔵院の計画や思考を狂わしているのは、真弓という存在だ。

宝蔵院が初めて〝虎王が自分よりも優先した人間だ〟と感じてしまっただろう、初めての存在だ。

「そうやって、俺から虎王を引き離して。なのに、自分じゃ拘束も監禁もできないから、代わりに刑務所にぶち込んで。五年も経てば、お互い忘れてるだろう。仮に覚えていたとしたって、わざわざムショ帰りの虎王が俺を訪ねるはずがない。俺にしたって、前科持ちだって知れば逃げるに決まってるって。そうやって勝手に思い込んで待ってたのに、俺が一足先に虎王と再会して喜んでたから、腸煮えくり返ったんだろう。俺に付き合おうとまで言ったんだろう。こうなったら、自分が寝取っちまうのが、一番早いもんな。俺たちの仲を確実に引き裂くなら！」

真弓は、今こそ宝蔵院に見せてやりたいと思ったことはなかった。

虎王が死を覚悟した瞬間、最期の感謝をメールに託して送った瞬間、いったいどんな姿で真弓の目に飛び込んできたのかを。

そして、ついさっきだってそうだ。虎王は宝蔵院を守るためだけに、父親に不名誉な罪を着せた。真弓にも一生貫くだろう嘘をついた。

すべてがたった一人の友、ヤクザな自分と対等に付き合い続けてくれた一般人の友、一生守ると決めただろう幼馴染みのためだ。

「けど、俺があんたのおかしなアプローチのために、開き直ったから。あんたにまで、虎王が好きだ、恋してるって言ったから、結局は翌日の階段での復讐だ。でも、これだって、おかしいって言えばおかしいんだよ。自分の柿崎殺しがバレる恐怖からなら、確実に俺を仕留めに来るはずだ。階段から突き落とすなんて、半端なことはしないはずだ。だから言ってるんだ。あんたは俺を、ただ甚振《いたぶ》りたかっただけなんだ。自分が味わった痛みを、俺に返したかっただけなんだって」

真弓は、仮説とはいえ、すべてを吐き出してみたら、これまで以上に宝蔵院という男の気持ちがわかったような気がしてきた。

今もなお銃口を虎王と向け合い、命の駆け引きをしているところを真弓に見せつけ、内心ほくそ笑んでいるのだろう男の歪んだ愛情が。

「これで虎王が俺のために組をたたむ。ヤクザを辞めるなんて言い出さなければ、今頃二人で祝杯でも挙げて満足してるだろうよ。虎王にフラれた俺のことを想像しながら、満面の笑みでな」

「ふっ。勝手なことを。お気楽な思考回路だ」

はたから見たら、真弓という人質を取られているのは虎王のほうだ。

だが、実際は虎王という人質を取って、真弓に喧嘩を売っているのは宝蔵院だ。

死んでもお前にだけはやらない、この男はやらないと見せつけているのは、宝蔵院だ。

「俺は気楽な恋なんかしてない！　そうでなくても、あんたみたいに対《つい》な男がピッタリくっついてるようなヤクザに惚れたんだ。一生あんたの影に怯えて付き合っていかなきゃいけないいんだ」

真弓は、次第にこいつも憎たらしいが、虎王も憎いと思い始めてきた。

そもそもお前が、こんな男を野放しにしておくから。友情なんて生温い、それでいて居心地のいい関係を二十年も続けているから、自分が余計な嫉妬を受けるんだと。

いっそ口説くならこいつを口説けば、世の中すべてが平和だった。

誰一人、死ぬこともなかったかもしれないのに、いったい何が虎王の気持ちを動かしたのか。宝蔵院には向かなかった愛情が、真弓に向けられたのはなぜなんだと思うと、運命が皮肉なものだとしか感じない。

恋が友情に勝っているなんて、まったく思えない真弓にしてみれは、いっそ自分が宝蔵院にぶつけてしまえばよかったのかとさえ、思わされた。

この、増えるばかりでいっこうに減らない嫉妬心を！

「だいたいあんた、最初から虎王のこと友人だなんて思ってなかったんじゃないのか？　飼い主だの犬だの言ってるけど、結局は独占欲の塊で。自分でわかってないだけで、恋愛感情があったから、虎王を雁字搦《がんじがら》めにしたいんだよ。自分だけを見てくれなきゃいやだし、構ってくれなきゃいやなんだ。誰かを自分より大事にするなんて、言語道断で許せないんだ。なぜならな、そういう嫉妬深いところは、俺とそっくりだからな！」

真弓が、心底から「俺だってお前と同じぐらい、お前が妬《ねた》ましい」と訴えると、宝蔵院はまた笑った。

「やっぱり可愛いね、君は。そうやって、虎王の気持ちが傷つかないように、必死で私の感情に理屈をつけて。嫉妬ですべてすまそうとして。でも、お生憎様。私は本当に虎王を犬としか見たことがないんだ。一生馴らして利用して、そうして飼い殺しにしたいとしか、思ったことがないんだよ」

最後は癇癪《かんしゃく》を起こしたようにしか見えない真弓の気持ちを、これも虎王への愛だと解釈した。

だが、そんな宝蔵院の気持ちを、愛染はこんな形で解釈した。

「人間は偽るし裏切るが、動物は偽らないし裏切らない、特に犬は、一番信用できるパートナーの象徴だもんな。言い方は、どうであれ」

一段と嫌味ったらしく言った愛染に、宝蔵院は銃口を向けると発砲した。

「所詮、畜生は畜生だよ！」

それは明らかに威嚇だったが、宝蔵院はその場の全員が怯《ひる》んだすきに、その場から倉庫の奥へと猛然と走った。

「千影！」

「来るな！」

虎王が追いかけようとした瞬間、宝蔵院は先ほど自分が撒いたガソリンに向けて発砲した。そして、一瞬にして立ち上った炎の中に自ら飛び込んだ。

「そうはさせるか！」

虎王は手にした銃を投げると同時に追いかける。

「虎王っ！」

「馬鹿、逃げるぞ」

まともに身動きが取れないにもかかわらず、虎王を追おうとした真弓を愛染が担ぎ上げる。

「いやだっ！　虎王っ。虎王！」

愛染が真弓と共に倉庫の表に飛び出すと、消防車が消火活動を開始している。見れば、すでに何台ものパトカーが、そして救急車までが到着して待機している。

「虎王っ、虎王！」

悲鳴を上げ続ける真弓を抱きしめて、愛染が叫んだ。

「中にまだ二人いる。必ず出てくるから、救護してくれ！」

はい――と、次々に声が上がる中で、燃え盛る倉庫の中から一発の銃声が響いた。

「虎王！」

気が狂わんばかりに叫んだ真弓のあとに、「出てきたぞ」という消防隊員の声が響いた。

「虎王っ⁉」

見れば、紅蓮の炎の中から宝蔵院を担いだ虎王が駆け出してきた。

その姿は、まるでいつか真弓が虎王の背に見た、密林の王者のようだった。

「虎王！」

しかし、虎王は姿を見せると、その場で膝を折った。

宝蔵院の身体を地面に下ろすと共に、自身も力尽きて、倒れ込んだ。

「――虎王っ‼」

漆黒の空に赤々とした炎が立ち上る中、いくつものサイレンが響き始めた。

7

轟轟《ごうごう》と燃え盛り、闇夜《やみよ》を照らした炎のためだろう。それは真弓の目に、真っ黒な血の海に一体の亡骸《なきがら》が浮かんでいるように映った。

「腹部に銃弾貫通。出血のショックで心肺が停止してる。そっちは火傷だけだ、先に搬送して構わない」

「わかりました」

「真弓、手伝え。蘇生する。搬送はそれからだ」

「はい！　愛染先生」

最後に聞こえた一発の銃声。再び腹部に銃弾を受けて瀕死の状態に陥ったのは、虎王のほうだった。宝蔵院を連れ出してきた姿に、一度は彼が無事なんだと思った。それだけに、真弓が受けた衝撃は計り知れないものがあった。

『虎王、死ぬな』

どうして？　なぜ⁉　炎の中でいったい何が起こったのか、それは虎王と宝蔵院にしかわからない。今は目の前の命が消えてしまわないよう、全力を尽くすだけだった。

愛染は救急隊員と一緒に、すでに腹部の止血に当たっていた。

『死ぬな、虎王』

心肺停止から蘇生へのタイムリミットは四分。その間に回復し、脳へ酸素を送らなければ壊死《えし》が始まり、深刻なダメージに繋がる。そうでなくとも、腹部からの出血がひどい。何もかもが時間との戦いだった。

「行くぞ、真弓」

「はい」

出血の様子を見ながら心臓マッサージを始めた愛染に合わせて、真弓は人工呼吸を担当した。

『戻ってこい、還《かえ》ってこい』

これが最後の口づけになることだけは、考えたくなかった。

『俺を置いて逝くな。もう一人にするな！』

真弓は、このまま自分の命が送り込まれても構わなかった。それで虎王が目を覚ますなら、肺が、心臓が活動を取り戻すなら、自分の命さえ惜しくない。そんな気持ちで、彼の肺に息を吹き込み続けた。

次第に額から汗がにじんで、流れ落ちた。

どこからともなく虫の音が聞こえた気がした。

蒸せた夏の夜が、いまだ燃え盛る倉庫が、余計に真弓を追いつめる。

熱い――――身も心も苦痛で、焼け焦げてしまいそうだ。

『時間がない。来い、還ってこい』

虎王の胸を押す愛染が、祈るようにカウントを口にし、マッサージを繰り返した。

すでに二分が経過し、三分になろうとしているのは、同一のリズムで繰り返すカウント数から真弓にも伝わっていた。

『虎王、虎王！』

そうして三分がすぎたときだった。あとがない。そんな絶望感に捕らわれそうになった瞬間、わずかに虎王が身じろいだ。

「――――来たか？」

愛染の問いに、真弓が虎王の口元に耳を当て、そして首筋には手を当てて確かめる。

「自発呼吸確認！」

「よし、搬送だ」

虎王はすぐさま救急隊員によって車内へ運ばれ、そのまま近くの救急病院へと向かった。

しかし、真弓は宝蔵院によって、自分たちがどこへ運ばれてきたのかさえわかっていなかった。

以前の佐々木のことが蘇り、救急車に乗ってさえ不安が起こる。同行していた愛染に問いかける。

「これはどこへ？　行き先は決まってるんですか？」

「東都だ。すでに救急隊員が連絡してくれた。黒河がスタンバって待ってるそうだ」

「黒河先生が！」

暗闇に光が差した瞬間だった。今だけは「神様！」とは思わなかった。

こんなときに、誰より希望を与えてくれるのが黒河だということは真弓も知っている。だからこそ、彼は〝神から両手を、死神からは両目を預けられた男〟の異名を持っているのだ。

しかし、そんな真弓に愛染はなおも言った。

「お前の悪運は底なしだな。あそこの搬送圏内に拉致《らち》られるなんて。あとは、虎王の寿命だけだ」

「？」

「お前も医者の端くれなら、黒河に過度な幻想は抱くなよ。診てわかるだろう。どんなに黒河が天才でも、寿命だけは手の施しようがないってことが」

それは非情なまでの警告であり、先輩医師としては正しい忠告だった。

愛染は厳しいことだとわかりきっていて、真弓に言い捨てたのだ。腹を括れ、虎王の死も覚悟しておけと。

「愛染先生」

そうして、五分も経たないうちに、救急車は東都大学医学部付属病院に到着した。

「来たぞ！　そのまま第三手術室へ。浅香！　チェック後、すぐに輸血だ」

「はい」

愛染の言うとおり、万全の態勢で待ち受けていたのは黒河と救急救命部のスペシャリストたち。

真弓にとっては神にも匹敵する医師たちだ。

「黒河先生！」

「状態は聞いた。お前も着替えて中へ入れ。許可してやるから、部屋の隅で祈ってろ」

「っ！」

「そういうことだ」

先に送られてきた情報と、虎王自身の現状。そこから一瞬にして導き出した黒河の診断に、真弓は膝を折りそうになった。

あとは虎王の寿命だ。そう言った愛染と黒河の診断はまったく同じものだった。

死神から預かった両目――――黒河の目には、虎王に死の影が迫っているのが、はっきりと見えたのだろうか？

『虎王……。虎王！』

それから数時間、真弓は祈り続けた。虎王の命を救おうと、全力で治療に当たった黒河とスタッフたちを見つめて、ただひたすらに見守った。

そんな思いが通じてか、手術そのものは成功した。弾が綺麗に貫通していたおかげで、思ったより内部の損傷が少なかったと黒河から説明されて、少しだけ生き返った気がした。

ただ、それでも虎王の寿命との戦いそのものは、まだ続いていた。

完全に「もう大丈夫だろう」と言ってもらうには、今しばらく様子を見るしかなかった。

真弓は片時も彼の傍を離れることはなかったが、さすがに徹夜も二晩続くと、気持ちだけではもたなかった。

いつしか虎王が横たわるベッドの隅に顔を伏せて、真弓は意識を失うように眠ってしまった。

五年前は、こんなことはなかった。真弓は眠気さえ感じないほど緊張していた。

しかし、ここは病院だ。信頼と尊敬を寄せる医師や看護師たちが常に見回り、様子も見てくれる。

この安心感に、かなうものはなかった。

だから真弓は、ほんの少しの時間でも、睡魔に我が身を預けられたのだ。

そうして――。

〝智…智明〟

「……?」

深い、とても深い眠りから目覚めたとき、真弓は優しく髪を撫でられていた。

「虎王?」

「無事か? 怪我してないか」

目覚めた虎王は、最初に真弓自身の確認をしてきた。

真弓が無事を知らせると、安堵しながらも苦しそうに笑う。

「ごめんな。俺のために。それなのに」

虎王は、火の手が上がった倉庫の中で、真弓を置いて宝蔵院を追ったことに罪悪感を覚えていたのだろう。

あの場に愛染がいたとはいえ、真弓は手足を拘束されて身動きが取れなかった。無事に脱出できたからよかったものの――そうでなかったらと考えたら。自然と真弓の髪を撫でる手も、震えてくる。

「平気だって。俺のことは愛染先生が助けてくれたし、こうしてピンピンしてる。それより、腹の具合はどうだ？　痛まないか？　一応、痛みが激しいようなら、薬頼めるけど」

「いや、最初のあれに比べたら手術に麻酔をかけてもらっただけでも天国だな」

「――そっか。だよな」

真弓は虎王の手を取ると、今度は自分のほうからしっかりと握った。

これまで彼が幾度となくそうしてくれたように、今度は真弓のほうから安心してほしいと願いを込めた。

すると、これはこれで真弓の思いとして受け止めたのだろう。虎王は少しだけ話を茶化したあと、真弓の無事と同じほど確かめたかったはずのことを聞いてきた。

「それで、千影は……？」

「軽い火傷ですんだから、治療後に警察へ。今回のこともそうだけど、それ以前というか、それ以外のことというか。おそらくは企業方面からもいろいろ出てきそうだから、裁判だけでも長くかかるんじゃないかって、愛染先生が――」

真弓は、自分が知る限りではあったが、ありのままを伝えた。

「そうか。さすがに今回ばかりは庇いきれねぇな。いっそ、好きにさせてやったほうがよかったのか？　俺が奴の自害を引き留めたために、結局は罪が増えた。俺を撃ったせいで……、余罪が増えた。自分で会社を興して、ここまでのし上がって。やっと名前ばかりの家元、千家《せんけ》に圧されるまま、何百年も茶道会で影に追いやられていた恨みを、その恨みのこもった名前をつけられた因縁を、自分の手で払拭《ふっしょく》できたと喜んでいたのにな」

虎王は、まずは宝蔵院が無事だと聞いて安堵していた。が、これから宝蔵院が裁かれることを考えると、また一つ罪悪感を覚えたようだ。

宝蔵院が生まれながらに背負った道の重さ、厳しさ、険しさ。それゆえに生じただろう心の歪み。それは昨日今日に知り合ったばかりの真弓には、わからない。これぱかりは、虎王だってすべてがわかっているわけではないだろう。

だが、それを承知で、真弓は虎王を諭した。

「言ったところで始まらないよ。それに、犯した罪は生きてる間に償わなきゃ。死んでからじゃ償えないし、結局魂は救われないよ」

真弓は、医師が命より重いものがあると認めたら終わりだと思っていた。

そこにどんな理由があろうとも、これだけは譲れなかった。

しかし、それだけに真弓は虎王を諭すうちに、自身のことも改めて振り返っていた。

「だから、俺もちゃんと償わなきゃ。一人の人間として、一人の医師として」

「智明」

「俺、ちゃんと懺悔《ざんげ》するから見届けて。これだけは虎王にも見届けて、納得してほしいんだ」

あれから愛染は、特に違法手術に関しては触れてこなかった。

事件の解明を優先しただけかもしれないが、真弓をいつもどおり職場に受け入れた。

だが、だからといって、真弓はこれでいいとは思っていなかった。

このまま自分が白衣を纏い続けることが許されるとは思っていないし、勤め先を刑務所に移したところで、なんの償いにもなっていない。

やはり自分の罪は裁かれるべきだ、罰をちゃんと受けるべきだと思っていたから、それを虎王にだけは理解してほしかったのだ。もう、一生離れないと決めた彼だけには——。

「そうか」

すべてを受け入れながらも、虎王は心を痛めていた。それは微かに伝わる手の震えからもわかった。

虎王からしてみれば、自分が真弓の夢を奪った。医師としての将来を壊したとしか感じられないのだろう。が、それを踏まえてなお、今はすべてを受け止めるしかない。これから何が起こっても、二人で乗り越えていくしかない。

それを望み、求めているのは、他の誰でもなく真弓自身だ。

「まぁ、好きにしろ。俺もあんなことを言ったが、すぐに足を洗える状態じゃなくなった。冨士が倒れた今、俺が率先して組員の面倒を見なきゃならない。千影のこともあるし。事情がそう変わっちまったから、正直言って先が読めないしな」

虎王は真弓の手を今一度力強く握り締めてきた。

「ん……。でも、俺はどこまでもついていくから。離れないから。だからそのためにも、このままじゃいられないからさ」

真弓は、思えば自分が最初に選択を間違えた。五年前の梅雨時、和泉に学費の借金の申し込みをしに行くぐらいなら、すべてを明かして退学届を出すべきだった。

それができなかったことが、一番の大罪だ。

白衣を纏う者にとって、医師道を歩む者にとって、犯してはならなかった原罪だったと悔恨の念に捕らわれていた。


それから数時間後のことだった。

窓の外は、眩いぐらいに夏の日差しが輝いていた。

「どうしたんだね。私に話があるそうだが」

「和泉副院長。実は――――」

真弓は、自ら白衣を脱いで、手に持った。

すべてを初めからやり直すつもりで、和泉にはあえて虎王の病室に来てもらった。

その場には、ちょうど回診に来た黒河も同席することになったが、真弓は包み隠さず、医学生時代に虎王の腹部の手術を行ったことを告白した。

そして、手にした白衣を返そうと差し出した。

「真弓先生」

すると、和泉が何かを言おうとする前に、黒河がポンと手を打った。

「――――あ？　ああ。あのへったくそな手術痕。どこのやぶ医者かと思ったら、お前だったのか。度胸あるな～。実践授業で豚の腹を一回、二回開閉した程度で挑むなんて。それを麻酔なしで受けたほうもすごいが、俺からしたら、やっぱりお前の度胸のほうがすごいと思うぞ」

実際虎王の手術痕を目にした黒河から、感心とも呆れとも取れる追及がされた。

真弓は手にした白衣をギュッと抱きしめた。

身体を二つに折って、更に謝罪を繰り返す。

「申し訳ありませんでした！　今頃になってこんなこと言うなんて。いかようにも処分してください。どこへでも突き出してください。俺はどんな罰でも受けます。医師免許もお返ししますから、本当にすみませんでした！」

黒河が「すごい」と言うぐらいだ。真弓は、これは自分が思っていた以上の大罪だったと実感し、ひたすらその後も頭を下げ続けた。

しかし、なおも黒河は真弓に言い放った。

「いや、今頃言っても、時効だろう。それに、じゃあ改めて当時の手術を検証してなんて話になっても、もう証拠はないぞ。そいつの腹には、俺がやった手術の痕しか残ってない。なにせ、ちょうど今回の傷が古傷とかぶってたから、ケロイドの部分までそぎ取って縫合しておいた。綺麗に修正したから、誰が見てもわからないはずだ」

「――――？」

一瞬ポカンとした真弓を見ると、「しょうがないな」と言って、虎王が横たわるベッドまで歩いた。「ちょっと失礼」と布団をめくり、虎王の腹帯を解いて、術後の痕を真弓の前に晒してみせたのだ。

「ほら、論より証拠だ」

「わっ！　二日にして、この綺麗な仕上がり。まさに神業！」

真弓が、あまりに驚いて見入るものだから、虎王も気になり、痛む身体を少し起こした。

チラリと覗く。それは、微かな記憶を辿るにしても、真弓のものとは比べ物にならない縫合だった。思わず、「これが本物か」と呟いてしまったほどだ。

これには黒河も満足げだ。

「そうだろう。ってことはだ。今頃お前が変なことを言い出したら、俺まで証拠隠滅を疑われる。下手したら、一緒に処罰される。そんなことで、俺まで仕事を止められたら、お前一人が辞める辞めないの話じゃすまないぞ。わかるか、この意味が」

その後も黒河は、持論を展開した。

真弓は言われるまま想像して、真っ青になった。

もしも黒河が、あらぬ容疑のために仕事を止められたら。その間、助かるはずの人間が助からなくなってしまう。これは、冗談やシャレではすまない話だ。想像するのさえ怖い。

「なら、五年前のそれは医師としての戒《いまし》めかつ、今後の布石《ふせき》にしておけ。死ぬかもしれなかった男が、こうして生きてるんだから、それでいいだろう。だいたい、腹を差し出した本人が納得してるんだろう。構うことないって。なぁ」

すっかり真弓を凍りつかせると、黒河は虎王に話を振った。

「……はい。もちろんです」

「和泉もいいよな。騒いで面倒起こすほうが、営業妨害だろう」

「そりゃそうだ」

そのまま和泉にも話を了解させて、「ほら、これでおしまいだ」と、本当にこの件を終わらせてしまった。

「もう、余計なことは考えるな。愛染先輩から、今後どうやったらお前が今のまま勤められるか、相談がきてる。とっとと白衣を着て、仕事しろ」

「愛染先生が？」

新たな話まで切り出されて、真弓はますます困惑してきた。

しかも、黒河の口から「先輩」と発せられた。愛染先輩と！

真弓の背筋に冷たいものが流れたのは、言うまでもない。

「さすがに、公務員のままヤクザと付き合うのはやばいだろう。バレなきゃいいが、バレたら面倒なのが公務員だ。だから、愛染先輩が先手を打って和泉に相談持ちかけてきたんだよ。お前をここに戻せないかって」

「それって、首の上に、出戻りですか？」

「いや。籍だけの話だ。勤務はこれまでどおり、刑務所内の医務室。ようは、東都からアルバイターとして出向ってことだ。そうすれば、後期研修もここで受けられるし。ヤクザと付き合うなら、民間のが都合がいいだろう。いろいろと」

どうやら真弓が虎王につきっきりだった間、双方で勝手な話し合いがされていたらしい。

こうなると、黒河の証拠隠滅さえも、好意なのか策略なのかあやしくなってくる。

「――――はぁ。いまいち、よくわからないんですけど」

「面倒な手続きは、全部和泉と愛染に任せておけばいいってことだよ。ま、患者も峠《とうげ》を越えたし、明日からでもまた塀内に出勤するんだな。愛染先輩が、猫の手も借りたいから、この際お前でもいいって言ってたからさ」

「俺は猫ですか。とうとう顔だけの奴から、人間以下ですか」

「そう言うなって。長いものには巻かれとけ。それで恋も仕事も維持できるなら、願ったり叶ったりだろう」

「はい」

それでも、一度はすべてを捨てる覚悟で告白しただけに、真弓は戸惑いながらも、白衣を抱きしめた。

これを手放さなくていいのだとわかると、尚更強く――――。

「本当に、いろいろとご迷惑をおかけして、すみませんでした。改めて、これから精進します。絶対に東都の名前にも、この白衣にも、もちろん愛染先生の名前にも泥を塗らないように頑張ります。なので、どうか今後ともご指導、ご鞭撻《べんたつ》のほど、よろしくお願いします」

改めて深々と頭を下げた真弓の姿に、誰よりホッとして見せたのは、虎王だった。

和泉と黒河はそれを見ながら、安堵したような笑みを向け合っていた。

「それにしても、やっぱり綺麗だ。俺もちゃんと外科医目指そうかな。憧れるよな、こういうの」

和泉と黒河が去ったあとも、真弓は虎王のお腹を眺めて、なかなか腹帯をしようとしなかった。

それを見ていた虎王が、苦笑しながら初めて言った。

「それはやめておけ。多分、向いてない」

「え？　どういう意味だよ。それ」

どういう意味もなく、きっと言葉のままだ。

虎王はなかなか腹をしまわない真弓の腕を摑むと、力任せに自分のほうへ引き寄せた。

「犠牲は俺だけにしておけってことだよ」

「んっ！」

これ以上、おかしなことを言い出さないよう、しばらくはキスで塞いだ。

おしまい♡

あとがき

こんにちは、日向《ひゅうが》です。

本書をお手にしていただきまして、誠にありがとうございました。

久しぶりのドクターは極道×若手刑務医でしたが、いかがなものでしたでしょうか？　既刊では悪役専門だった虎王《とらお》組。でも、組の内情はこんな感じだったのね。ということで、少しでも楽しんでいただけたら幸いです。

ただ、改めて言うまでもなく本書はフィクションです。とても温《ぬる》い設定での塀内描写になっておりますので、そこはご了承ください。篤行《とっこう》寮の名前もオリジナルです。本物は別名前ですのでね。

さて、それはそうと。今回は新たに黒衣キャラという、これまでのドクターではありえない九時五時出勤・週休二日確約の医師・愛染《あいぜん》も登場させてみました。どこか掴みどころのない、だけど超イケメン（作画に大感謝！）な彼を通して、これまでとは違った角度から医療現場を探れたらいいな…と。そして、いずれは彼を主役で書けたらいいな…と、プロットを作ったときには間違いなく思っておりました。

が、しかし！　今は水貴《みずき》先生に描いていただいた千影《ちかげ》様にも心を奪われ、振り子の状態です。彼を「宝蔵院《ほうぞういん》」呼びしていたときには、明らかに悪に徹した脇キャラ（これっきりだからこその婀娜花）を作るつもりでいたのに。なぜか製作途中で「千影様」と呼び名が変わって、自分の中で設定も増えていって、最後は担当さんから「ちーちゃん」呼びされるほど寵愛受けまくりのキャラに――。うーん、こうなると次回の主役は⁉ 登場は⁉ なんて、今ではいろいろ妄想しまくりです。とはいえ、この千影のおかげで茶道の世界もいいな…なんて新たな発見もあったので、この先に機会が得られたら、キャラなり世界なりを何らかの形でまた書いてみたいです。

本当に、こんな気持ちにさせていただいて、水貴先生＆担当様にはいつも感謝しております。

もちろん、手に取っていただけてこそのシリーズですので、皆様にも大感謝です！　本当にありがとうございます。

そしてここから数ページは、心ばかりのお礼です。広告分があると聞いたのでもらってしまいました。（主役再確認用？　笑）

最後の一ページまで楽しんでいただけたら幸いです。

それでは、またどこかでお会いできることを祈りつつ――。

日向唯稀《ゆき》♡

http://www.h2.dion.ne.jp/~yuki-h/

おまけ・real face ―密林の王者―

〝少しは奮起させてやろうと思って、室崎《むろさき》に暴れる資金をくれてやったのに。それさえ押さえに行ったのは親父のほうで、お前じゃない。お前は、他組に迷惑をかけたからどうこうって、頭を下げに歩き回るばかりだ〟

あのとき宝蔵院《ほうぞういん》は、忌々しそうに虎王《とらお》を罵《ののし》った。お前は臆病者だ、卑怯者だと悲憤に満ちた眼差しで、極道としての虎王を侮辱した。宝蔵院には、直接室崎に牙を向いた虎王の父親のほうが勇ましく見えたのだろう。極道としても男らしく、筋が通っているように――。

だが、それが宝蔵院の過ちだ。そもそも虎王の本質を見誤った一番の原因だと真弓《まゆみ》は思った。

仲間を殺《や》られた復讐心で満ちた漢《おとこ》たちが数百と集う中に、たった一人で撃たれる覚悟、またいざとなったら自ら潔く散る覚悟を決めて、常に赴いていたのだ。

それがどれほど勇気のいることか、また漢の意地や責任だけでは補いきれない必死さや心の強さがいるか、同じ立場に立たされたことのある漢でなければわからないことだ。決して想像だけでは測れない。だから、宝蔵院は誤解した。虎王がいつまでも自分に優しい犬のままだと、勘違いをした。己の持つ牙の鋭さを隠し続け、磨き続けてきただろう虎王の本性に、最後まで気づくことがなかったのだ。

もっとも、気づかせないように付き合い続けたのは虎王自身だ。それを思えば、虎王のほうが役者が一枚上だったのかもしれない。宝蔵院に〝自分が牙を向かない虎だ〟と信じさせたこと、それが二人にとっては友情の始まりだったはずだ。虎王はそれを壊したくないから、関係を守り続けた。己の牙を隠し続けたに過ぎないのだから――。

ただ、そんな隠し持った牙を、虎王は真弓にだけは隠すことなく見せてきた。

退院後、これまでに一番迷惑をかけてきた、また少なからず遺恨が残っているだろう四神会《ししんかい》系鳳山《ほうやま》組へ、組長である鳳山駿介《しゅんすけ》の元へ、「けじめをつけに行くから着いてこい」と言って、真弓を組屋敷まで同行させたのだ。

「怖いか？」

「ううん。平気だよ。虎王が一緒だから、俺は平気」

真弓は驚き、怯えながらも従った。これで退くようでは、そもそも虎王とは付き合えない。行きがかりとはいえ、虎王は組を解散することも冨士《ふじ》に組員たちを任せることも、ままならなくなった。それどころか、しばらくは組長の座に就く。これからは、そんな漢の連れになるのだ。真弓は真弓なりに、腹を括るしかないと決めたのだ。

「ご無沙汰しております。二代目」

「お勤めご苦労様です。翼《たすく》さん」

そうして真弓は、虎王と共に〝牙を向く虎の目を抉る鳳凰《ほうおう》〟の姿を自身の背に彫り込んだほど、室崎や虎王組には怨恨を持つ鳳山組長や組員たちと対面を果たした。

その場の誰もが、悪いのは虎王ではないとわかっていた。虎王が常に誰かの罪を背負って命懸けの謝罪をし、また巻き込まれた組員たちを守るためだけに、こうして頭を下げに来ることも承知していた。

だが、それでも過去によほどの遺恨があるのだろう。その場には、どこから誰が襲ってきても不思議のない殺気が漂っていた。自分に向けられているわけでもない真弓でさえそれを感じて、身の毛がよだった。虎王が傍にいても、生きた心地がしなかった。

この瞬間までは――――。

「あれ？　真弓ちゃん。どうしてこんなところに虎王さんと来てるの？　あ、もしかして、うちの駿ちゃんと虎王さんって知り合いだった？　だとしたら、すごい偶然だね。これからは今まで以上に仲良くしようね」

「伊万里《いまり》先輩？」

「ね、俊ちゃんたちも。これからは家族ぐるみで一緒にご飯食べたりしよう。いいよね」

突然現れたかと思うと、屈託のない笑顔でその場の空気を一変させたのは、仕事から戻ったばかりの東都の内科医・伊万里歩《あゆむ》だった。鳳山の恋人であり、すでに鳳山組のマドンナ姐《あね》となって数年になる伊万里歩には、今にも刺すか刺されるかという緊張感さえ、どこ吹く風のようだ。

「みんなも喧嘩しちゃだめだよ。あ、虎王さんも、せっかく黒河《くろかわ》先生に助けてもらったんだから、ご自愛忘れずに。そうでないと、もう二度とヤクザなんか受け付けないぞって、黒河先生どころか都内の病院全部が怒っちゃうからね。連帯責任になったら、大変でしょう」

しかも、その場で虎王の連れである真弓が伊万里の後輩、ようは東都《とうと》出身の医師であることがわかったとたんに、虎王の以外の全員が顔を引き攣らせた。

その上、「ここで何か問題を起こしたら、今後はヤクザお断り。都内の病院全てで、ヤクザを丸ごと受診拒否だよ」と笑顔で脅されたのだから、誰一人二の句が継げない。

それこそ虎王が「それでも一度はきちんとけじめを。これまでのお詫びは俺が」と指を詰めようとしたのを、「よせ、そんなけじめはいらない！」と、全力で止めたのが鳳山組長本人だったほどだ。なにせ、ヤクザといえども人の子だ。連帯責任の四文字で、都内在住のヤクザ全員が病院にかかれなくなったら困るのだ。これは死活問題だ。

「二代目？」

「言いたいことはわかります。けど、これは俺たちだけの問題じゃすまないんです。そこを、無理矢理にでも理解してください。分け隔てなく診てくれる病院だけは敵に回せないんです」

五年も塀内にいた虎王にはよくわからなかったが、どうやらその間に東都の医師とヤクザの間で、いろいろとあったらしい。真弓から言わせれば、「そんなの虎王が黒河先生に助けられたことを自覚すれば、わかるだろう」という話しだが。

「わかった。なら、金で……。それなら、受け取ってもらえるだろう」

何にしても、思いがけない伊万里の帰宅で、鳳山組と虎王組の関係は、これ以上悪くなることだけはなくなった。

「はい。ありがとうございます。ただし、こちらからの放免祝いも受け取ってくださいね。それから先は、以前みたいに駿介って呼んでください。もう、敬語もなしで」

鳳山は、伊万里の意見を立ててつつも、これはこれで肩の荷が下ろせたようだった。

――俺は翼さん自身には、なんの恨みもなかったんで。

最後に小声で呟いた鳳山の顔が、本当に安堵で満ちていた。

そしてそれを見た伊万里の顔もまた、どこかホッとしているように見えた。


「お前に覚悟を決めさせようと連れていったのが、かえって裏目に出たな」

虎王は自宅でもある組屋敷に戻ると、しばらくの間「まいった」とぼやいていた。

いざけじめというときに、騒ぐ真弓を宥めすかす手管は用意していても、さすがにこんな展開は予期していなかったのだろう。すっかり拍子抜けしてしまったのだ。

「裏目って言うなよ。万事うまくいったってことでいいじゃないか。それに、許してもらうほうも大変だけど、許す側だって大変なんだ。見たらわかるだろう。鳳山組長は完全に板挟みだったよ。個人と組長っていう立場の――虎王と一緒だった」

真弓は、虎王が言わんとすることは理解できた。が、だからこそ鳳山のことを口にした。

「まあな」

「なら、終わりよければすべてよし！　そうしよう」

少し強引だったが、これ以上引きずったところで、いいことはない。それならば、不要となった過去を断ち切り、前に進むほうが有意義だ。

真弓は、ソファに腰かけうなだれていた虎王の手を取ると、思いを込めて握り締めた。

「俺、離れないから。今日よりもっとすごいことになっても、絶対に虎王の傍から離れないから」

「ああ。俺もだ。どんなに今後、恐妻家の道が待ってても、絶対にお前だけは離さない」

クスリと笑って、虎王が握り返してくる。

しかし、何か余計なことまで言われて、真弓の頬が膨らんだ。

「なんだよ、それ」

「言葉どおりだよ。駿介にも〝覚悟しとけ〟って言われた。そういや、黒河先生や愛染《あいぜん》先生も似たようなことを言ってたけど、こういう意味だったんだな」

「どういう意味――――んっ」

説明する気はまったくないらしい虎王にキスをされて、真弓は尋問を阻止された。

恐妻家の意味は、やはり恐妻本人には、わからなくていいようだった。

おしまい♡

CROSS NOVELSをお買い上げいただき
ありがとうございます。
この本を読んだご意見・ご感想をお寄せください。
〒110-8625
東京都台東区東上野2-8-7　笠倉出版社
CROSS NOVELS 編集部
「日向唯稀先生」係／「水貴はすの先生」係

CROSS NOVELS

Eden—白衣の原罪—

著者

日向唯稀

2013年8月23日　初版発行　検印廃止

発行者　笠倉伸夫
発行所　株式会社　笠倉出版社
〒110-8625　東京都台東区東上野2-8-7　笠倉ビル
[営業]TEL　03-4355-1110
FAX　03-4355-1109
[編集]TEL　03-4355-1103
FAX　03-5846-3493
http://www.kasakura.co.jp/
振替口座　00130-9-75686
印刷　株式会社　光邦
装丁　磯部亜希
ISBN　978-4-7730-8670-6
Printed in Japan